阮文龙

赵缨　赵征 ◎ 著

别样的人生 下

杭州出版社

**图书在版编目（CIP）数据**

阮文龙：别样的人生．下 / 赵缨，赵征著．-- 杭
州：杭州出版社，2022.9
ISBN 978-7-5565-1742-8

Ⅰ．①阮… Ⅱ．①赵… ②赵… Ⅲ．①传记文学－中
国－当代 Ⅳ．① I25

中国版本图书馆 CIP 数据核字（2022）第 010530 号

Ruan Wenlong: Bieyang de Rensheng (Xia)

# 阮文龙：别样的人生 下

赵缨 赵征 著

| | | |
|---|---|---|
| **责任编辑** | 李竹月 | |
| **责任校对** | 陈铭杰 | |
| **美术编辑** | 王立超 | |
| **出版发行** | 杭州出版社（杭州市西湖文化广场 32 号 6 楼） | |
| | 电话：0571-87997719　邮编：310014 | |
| | 网址：www.hzcbs.com | |
| **印　　刷** | 浙江星晨印务有限公司 | |
| **开　　本** | 710 mm×1000 mm　1/16 | |
| **印　　张** | 14 | |
| **字　　数** | 170 千 | |
| **版 印 次** | 2022 年 9 月第 1 版　2022 年 9 月第 1 次印刷 | |
| **书　　号** | ISBN 978-7-5565-1742-8 | |
| **定　　价** | 50.00 元 | |

序

2007 年，在首届中国残疾人自强创业论坛上，我认识了阮文龙，他被中国残联评为首届全国残疾人"十大自强创业之星"。他先后送给我《别样的人生》上册、中册，我仔细看了，从而加深了对他的了解。

阮文龙的事迹很感人，有过残疾人的痛苦，有过打工者的困惑，生活中遇到的不幸更多。但是在改革开放的大潮中，他有不屈服于命运的意志和毅力，更有一股超常奋进的力量，克服重重艰难，脚踏实地经营起艺术企业，逐渐成为残疾人创业的成功者，"自强创业之星"的称号当之无愧。

2013 年，阮文龙在成为浙江省政协委员之后，帮助残疾人脱贫、创业、致富的责任感和使命感更强了。他四处走访残疾人，深入调研残疾人的生存状态、就业现状和创业困难。他的提案一个接一个得到各方的认同和重视。他提出了为有重度残疾人的家庭增加家庭护理补贴的提案，提出了残疾人的就业提案，提出了建设残疾人文化艺术中心的提案……这些提案都凝聚着他关爱残疾人的拳拳之心，他帮助残疾人脱贫奔小康的奉献精神。

2018 年国庆前夕，我带领省政协诗书画之友社部分理事走访了阮文龙创建的亚龙艺术中心。当我了解到这座蔚为壮观的艺术中心是阮文龙投建的，不由得感叹：真不简单！真不容易！在这里，他开办了一期期残疾人书画培训班，帮助残疾人掌握脱贫的本领；他设立了十个残疾人工作室，让他们以亚龙艺术中心为基地去努力脱贫致富。本书记述的阮文龙为残疾人助力的故事，都十分生动感人。

2019 年，我很高兴参加了他举办的"打造品质之城——关爱残疾人，文化进你家"的开班仪式，他通过举办书画培训班，将文化气息送入残疾人家庭。在现场，我们看到了学员们热情洋溢的学习氛围和对书画艺术的渴望。

如今，他把《别样的人生》下册书稿发给我，请我为之作序。我认为，赵征、赵缨这对父女作家所著的这本书，不仅为残疾人励志前行、爱党爱国、感恩社会树立了良好的榜样，同时对我们所有人也是一种无形的启示和借鉴。

一本优秀的读物如同熊熊的火焰，点燃残疾人的希望，激励残疾人去奋进，照亮残疾人的前程。

浙江省政协原副主席　王玉娣

二○二一年十月

目录

第一章

肩上的担子更重了

江南的春天，是格外迷人的。风和日丽，空气清新，特别是那初升的朝霞，让人们感到一种希望和力量。居住在钱江新城边的阮文龙像往常一样，天微微亮时就醒来了。一缕阳光照进了卧室，他从窗口远远望去，寂静的城市又慢慢地喧闹了起来。

　　新的一天开始了，阮文龙感到十分惬意。用过早餐后，他信步在小区的公园内，深深地呼吸着新鲜的空气。忽然，随着一群小鸟"叽叽喳喳"的欢歌声，他猛地想起今天——2015年1月20日是一个特殊的日子，上午还要去省人民大会堂参加浙江省政协十一届三次会议。一想到这儿，作为省政协委员的阮文龙深感自己肩上所担的重任，便直奔公司而去。

　　自当选省政协委员以来，只要有时间，阮文龙就四处奔走，

2013年1月24日，阮文龙参加浙江省政协十一届一次会议

阮文龙在省人民大会堂政协十一届会议上认真听取两会报告

倾听民声、收集民意，然后经过筛选和思考，写出高质量的提案递交上去，这也成为他的工作习惯。

据阮文龙了解，这一次的专门会议，收集到的提案特别多。其中，还有一项表彰的环节，主要是表扬近年来履职优秀的省政协委员。这一殊荣非常难得，省政协社会福利和社会保障界的委员只有两个名额。只有为社会担当得多，提案接地气，让老百姓拍手称好，并解决实际问题，才有可能登台领奖。

## 一

阮文龙是一个非常细致的人，做任何事情都绝不会盲从。这也与他从小的经历和受过的磨难有关。特别是作为一个残疾人和曾经的"流浪汉"，经过数十年的艰难打拼和执着追求，才获得了新的生机和成功，同时，也历练出他的坚强意志和不懈追求的境界。

　　一个没有经历过挫折的人，他的生命就不会有梦想；一个没有经历过困苦的人，他的人生就不会有拼搏；一个没有感恩之心的人，他的身上就不会有丰富的内涵。因此，阮文龙非常珍惜如今取得的这些成绩，同时，这些年来担当起省政协委员的工作后，他更加深知自己的责任和义务。

　　他在担任省政协委员之前，已担任杭州市上城区政协委员多年。其间，阮文龙一直为残疾人发声。作为残疾人的他，比普通人更加了解、更能体会到残疾人生活的艰辛和不易。

在省政协会议期间与郑瑶理事长留影

阮文龙有自己的公司需要打理，但是不管工作再忙，他也会经常抽出时间去关注残疾人的生活问题，并自告奋勇地做起了残疾人的"代言人"。

2012年12月初的一天，正值严冬季节，气温骤降，天空中不时飘下朵朵雪花，繁华的都市也比平时寂静了许多。正在航空大厦办公室里的阮文龙眺望窗外片刻，不禁皱起了眉头。他想：这么寒冷的天气，同为残疾人的兄弟姐妹，他们一定会碰到诸多生活上的困难和出行等方面的问题。于是，他赶忙骑着残疾人机动车去看望他们。他所到之处，都受到了大家的欢迎，大家纷纷向他反映一些实际问题。

一位残疾人直言不讳地告诉他说："说说无障碍设施都有，但残疾人真正要用起来，不是有断头路，就是不畅通，街道施工中经常有把盲道挖掉了的情况，更何况像今天这样的天气，更是让我们连家门都不敢出了。"有位肢残人说道："立交桥有电梯上下，可是我们坐轮椅的人，需要的是箱式电梯，现在这个样子叫我们怎样才能过立交桥呢？想起来真的让人头疼。"

阮文龙了解到这些情况后，不顾天气寒冷，当即冒着大雪，驾着自己的残疾人机动车，去杭城街头进行实地考察，以便掌握更多的无障碍设施第一手情况。一路上，飘下来的雪花渐渐变大增多，漫天飞舞，但他却丝毫不觉得寒冷。此时的他，一心只想着刚才那些残疾人的诉求，以及自己亲眼所见的现状。

在回家的路上，阮文龙的心情是复杂的，特别是自己作为一名政协委员，该如何把这些民生问题写成提案递交上去，然后由有关部门把整改工作落到实处。一想到这儿，他的心里犹如燃起了一团火焰，激情迸发，并暗暗告诫自己：我一定要行使好自己的职责和义务，为残疾人的出行方便作出一份努力。

为了更好地履行自己的职责，收集更多的信息和资料后向有关部门反映，阮文龙顾不上自己公司的经营，多次外出进行调研。2012 年 12 月 17 日上午，阮文龙特意抽出时间，开着残疾人机动车去杭州城区的大街小巷进行实地查看。不一会儿，他来到庆春立交桥附近，停好车后，不顾自己行走不便，一踮一跛地走上了立交桥，仔细观察着无障碍电梯是怎样与人行道做到无缝对接的。

经过一番观察后，阮文龙确实发现了一些问题，不禁皱起了眉头，双眼眺望着远方，认真地思考了起来。

忽然，一阵手机铃声打断了他的思考。一接听，原来是自己公司的电话，对方在电话里激动地说道："阮总，你要马上回公司啊，刚刚接到市委统战部的电话通知，他们要来进行考察。"

此时，阮文龙心里虽然也很激动，但他却沉稳地问道："有没有说考察什么？"电话那端回答说不知道。阮文龙冷静地在心中思忖着："统战部会来考察什么呀？难道是考察我政协委员的工作？别瞎猜了，我还是踏踏实实地做好调研，写好提案，掌握更多的第一手材料，以便向领导和有关部门汇报。"于是，他赶忙驾着自己的残疾人机动车，向公司行驶而去。

回到公司后，看到市委统战部的两位同志早已在办公室等候着。"不好意思，我来迟了，谢谢你们！"阮文龙一边笑道，一边赶紧上前与他们一一握手。

市委统战部的同志看着挂在墙上的关于公司企业文化的照片和介绍，高兴地对着他说："阮总，你们公司搞得不错啊！"此时的阮文龙心情非常激动，接着就开始热情地向他们介绍起有关公司运营和企业文化建设的情况。

听完介绍后，其中的一位统战部同志告诉他说："我们今天来的主要任务是考察你出任省政协委员的事情，今后还希望你为政协工作多出一份力哦。"

面对这一突然而至的喜讯，阮文龙惊喜不已。"我工作做得还不够，党和政府、人民群众对我这么看重，我受宠若惊啊！"他感叹地回答道。

过了没多久，公司楼道的墙上便贴出了大红公示。后来，《浙江日报》上公布了第十一届省政协委员的名单，阮文龙的名字赫然在列。很快，省政协寄来了任职通知，阮文龙拿在手里，心里却感到沉甸甸的。他想："这是人民群众的嘱托，残疾人的嘱托，同时也是时代赋予我的责任和义务。"接着，他轻轻地抚摸了一下任职文件，然后就把它珍藏起来。

回到办公桌前坐下，阮文龙的心慢慢地平静了下来，并告诫自己："从现在起，自己身上的担子更重了，我不仅要做好上城区政协委员的工作，在列席杭州市政协委员会议时要有所作为，更要在省政协委员岗位上履行好自己的职责，为推动社会民生发展而砥砺前行，特别是要在维护残疾人利益和民生方面，作出自己的努力和奉献。"

省政协委员并不是头上的一个光环，可以炫耀，而是一份责任和义务。为了实现自己的诺言，阮文龙更加忙碌了，除了公司的业务之外，大部分的时间都用在了走访调研、四处奔波上。他清楚地知道，担任省政协委员之后，一定要用自己的实际行动来维护好这一份荣誉。因为在他的心里又有了新的目标和追求，他要做一名人民群众的代言人，残疾人利益的维护者。

经过一段时间的调研和材料收集，特别是针对当下城市无障碍设施存在的一些问题，他凭借自己的热情和努力，认真思考之后，开始在如何破题方面进行了探索。不久后就获得了全方位的实感和体验，赶紧写下了他要递交的第一份提案。接着，他趁参加省政协会议之机，及时提交了"关于城市无障碍设施现状和存在的问题"这一提案。

阮文龙走进省政协一楼会议室，参加省政协民生论坛。会上，没有繁文缛节，有的是热烈真诚的探讨和交流。发言中，阮文龙以详尽的材料和具体事例，介绍了残疾人现实生活的方方面面，这当即引起了与会者的高度关注，无论是发言还是提问，可以说每个人的出发点，都是为残疾人设身处地考虑和着想的。

时任政协第一届绍兴市上虞区委员会主席顾世明参加省政协民生论坛，会后与阮文龙留影

阮文龙在介绍无障碍设施的提案时说道："近年来，杭州无障碍设施建设已经有了很好的发展，现在要做的就是无障碍最后一公里，我们要采用街道和社区无障碍考核办法示范点的措施来保障，以各县、市为单位，每年有一个无障碍建设标准区，争取花十年时间，在省内实现全覆盖。凡是示范点做得好的、富有实效的，并深受广大残疾人褒奖的，我们都可以给相关的街道和社区授牌。"

会上，时任副省长熊建平非常认真仔细地听着、记着，并不时地点头表示赞同。还有在场的省交通厅分管副厅长，也十分专注地倾听着，而且很认真地做起了笔记。等到与会代表全都发完言后，熊建平副省长在讲话中还特别提到了刚才阮文龙委员的发言，他高兴地赞许道："这是调研扎实才有的提案，特别好。"

# 二

春天的脚步悄悄地离我们远去，当人们还沉浸在对春意盎然的回味之中，转眼间，盛夏已经来到了我们身边。西湖断桥旁的湖面上，荷花开得正盛，远远望去似下凡的仙女们在翩翩起舞，笑迎着南来北往的游客。也不知道什么原因，平时一直都十分忙碌的阮文龙，今天却身上挂着相机，开着自己的那辆残疾人机动车，来到了北山街路口，停放好车辆后，就径直朝湖边走去。"映日荷花别样红"——他被眼前怒放的这一大片荷花深深地吸引住了。只见他在湖边的小道上，慢慢地走了几个来回后，就蹲了下来，然后取下脖子上的相机，兴奋地拍摄了起来。

他一直以来都喜欢荷花，不仅喜爱荷花婀娜多姿的娇媚，更是敬佩荷花与生俱来的高贵品质，并使之成为自己做人、做事的品行。阮文龙的做事风格，与他"别样的人生"一样，从来不会去做毫无意义的事情。因为在他身上从来就没有放弃过对艺术的追求，而是不断地朝着自己心中的梦想前行。其实，今天来到西湖边拍摄荷花，是他在为日后搞创作、办展览做准备和积累素材。同时，也是为了引领残疾人群体，希望能有更多的人喜爱艺术，走进艺术的殿堂。

阮文龙常说："所有的残疾人都是我的兄弟姐妹，我是这个群体中的一员。"当了省政协委员后，他不忘初心，时刻都在为残疾人兄弟姐妹着想，除了关心生活方面之外，他还开始关注这一群体的精神方面的追求。他走访着，思考着，努力着，要尽自己最大的努力，找到这方面提案的灵感。

这个盛夏的某一天，他头顶着烈日，又风尘仆仆地如约来到了江水绿如蓝的富春江畔，走进了富阳区残联理事长裘立忠的办公室。他此行的目的，除了调查研究之外，还要与他们商量有关送文化下乡的事宜，以让乡村残疾人的业余文化生活更加丰富多彩。

裘立忠理事长曾在年初与阮文龙一起参加民生论坛，也知道他关于"建立浙江省残疾人文化艺术中心"的提案。

两人一见如故，裘立忠一边高兴地说道："真是辛苦你了，这么热的天气还大老远赶到我们这里来。"一边当即拉开了办公桌抽屉，拿出一份文件递给了阮文龙："你看，你提议建立全省残疾人文化艺术中心的提案通过了，现在省里已经发文了。"这也是裘立忠刚收到的文件。

面对此情此景，阮文龙显得有些激动，用他那微微颤动的手接过文件，迅速地看了起来。他细细地看着，认真地思考着该如何把此事尽快地落到实处。接着，欣喜的他赶忙上前一步，紧紧地握住裘立忠的手说："老裘，好欣慰啊，我终于发挥了参政议政的作用了，从中我也看到了省委、省政府对残疾人事业的重视和关心。"

阮文龙在政协五水共治调研活动中与倪礼敏等委员合影

不久后，省委、省政府很快就将这一提案落到了实处。经与省残联有关部门沟通协商，并经过严密的论证，最后将浙江省残疾人文化艺术中心的选址，定在了杭城交通便捷的马塍路1号，并决定在附近的新世纪大酒店，召开这一项目的研讨会。

在不日召开的研讨会上，宽敞明亮的会议室里，坐满了来自不同专业的各路精英。阮文龙坐在靠近会议主持人的位置上，此时的他，心情是非常激动的，因为他的提案终于到了抓好落实的最后阶段了。

一直以来，以"做人要低调"为原则的阮文龙，虽然心里也有许多话想讲，但看到气氛这样热烈、大家争先恐后地发言的场面，他还是把发言的机会让给了其他与会者。他一边认真地听着、记录着，一边思考着，想多听听大家的意见和建议，以使这个项目在正式实施的过程中更加顺利和完美。

"阮文龙先生是这一建设项目的提案人，在设计规划方案时，参与了讨论。"主持人话音一落，会场上顿时响起了热烈的掌声。

阮文龙知道，这掌声不仅是与会者对他的褒奖和认可，更是体现了社会各界对残疾人事业发展的关爱和支持。如今，该项目已如期建成，并更名为"浙江省残疾人之家"。


# 三


"路漫漫其修远兮，吾将上下而求索。"阮文龙自从担任省政协委员后，深感自己肩上的担子不轻，必须有所作为。他经常对家人说："我是一名残疾人，他们推荐我当省政协委员是有道理的，那就是希望我能更好地去反映残疾人群体的真实生活和追求，希望你们都能理解我、支持我。"

　　阮文龙是一个很低调的人，但是在做事方面却对自己要求非常高，尤其是涉及残疾人方面的事，他都要亲力亲为，绝不含糊，这也是他个性的一个方面。身边的朋友也是这样评价他的。

　　近年来，阮文龙在走访、调研、结对扶助残疾人家庭的时候，他总会联想到自己艰辛的过去。那时候，他作为一个残疾人，家庭也没有丝毫背景，不仅要独立生活、养家糊口，还要追求自己的理想目标和事业，谈何容易。这些年来，通过打拼终于有了些成绩，但在这漫长的过程中，他深深地感受到这是与当时社会各方的关心和支持分不开的。

　　如今，情况变了，他要回报社会，去帮助那些需要帮助的人。他特别希望能通过正常渠道，用自己的努力去真诚地帮助他们，激励他们，打动他们，从而在他们心里点亮一盏人生道路上的明灯，帮助他们树立坚强的信念，去追求美好的人生目标。

　　最近几年，在阮文龙每年的行程表中，有一个内容是一直保留的，那就是走访残疾人家庭。

　　那是一个三九严寒的日子，刚走出家门的他，脸上顿觉有点冷兮兮的，抬头一看天空是似乎快要下雪的样子，但他还是坚定自己的想法，不改变行程。一路上，他想得更多的是当年在老家的一些难忘的往事。

　　当汽车过了曹娥江后，阮文龙朝车窗外一看，心里油然地升腾起一股暖意。因为在曹娥江那边，就是生他养他的地方。在那块土地上，曾留下了他快乐的童年和对将来美好生活的憧憬。然而，阮文龙这次回老家却与以往目的不同，他并不是来探亲访友、走访故里的，而是带着任务，深层次地了解家乡残疾人的生活现状和经济收入等方面情况的。

　　阮文龙走进村里后，来到自己熟谙的家门，对着陈旧的门窗唏嘘了一阵，便去寻找附近熟稔的老人，目的是想找他们了解一些情况。当他打探到一个同样患有小儿麻痹症的残疾人的住处时，他心里一阵高兴，赶紧驱车去找这个比他小两岁的孩提时的伙伴。

"呀，阮文龙你在外闯荡发展了还记得我，真让我高兴啊！"这位儿时的伙伴跛着脚，当即给阮文龙让了座。

"我前些日子在富阳银湖街道调研时，看见一个联系好多社区残疾人的专管员，开着自己的车，还以为他条件不错。后来，他告诉我说，这车是父母亲出钱给他买的，本人的收入还是很低。因此，我想来了解一下家乡的残疾人的就业情况和收入情况。"阮文龙向这位儿时的伙伴道明了来意。

"那太好了，我也正想找你说说呢。"

"你现在的日子过得怎样？钱从哪儿来？"阮文龙脸呈沉思状，问道。

过了一会儿，他又接着问道："农村的残疾人能找到工作吗？有适合残疾人的岗位吗？"

"残疾人打工受限制大，招工单位也没有那么大善意呀！"

听到这样的回答，阮文龙的脸色开始凝重了起来，平时自以为反应速度还算快的他，此时竟不知道该如何回答才好。

从上虞回来后的几天时间里，阮文龙总是感觉不太舒服，心里好像压着一块大石头，沉甸甸的。特别是当他离开那儿时，儿时伙伴那种祈盼和无奈的眼神，让阮文龙心里感到阵阵的酸楚。他的这一微妙变化，妻子看在眼里，急在心里："文龙，这几天是怎么啦？好像有心事，恍惚不定的。"

"没什么，我只是忘不掉儿时伙伴他那个眼神，我正在想办法，为残疾人做些什么事情。"他安慰妻子道。

2022 年 7 月，阮文龙远望着母亲河曹娥江，回味着自己的人生

那晚，久久未能入睡的阮文龙，突然坐起身喊道："我要搞提案！"

一旁的妻子被他的这一举动惊醒了："半夜三更，天还没有亮，你这又是怎么啦？"

面对妻子关切的询问，他回答道："我要写提案，我要帮助残疾人做点事情。"早上起来后，阮文龙连早饭也顾不上吃一口，就径直去了自己公司，在办公桌上写起了提案。

早春二月的一天，一辆黑色轿车朝着靠近诸暨的萧山农村驶去，车内坐着时任省残联理事长郑瑶和阮文龙。路上，阮文龙将自己的调研情况和一些想法，简单地向郑瑶理事长作了汇报。

郑瑶听后表示："这是涉及残疾人民生疾苦的问题，我相信省里会非常重视的，你就等好消息吧。"经过一个多小时的行驶，他俩一起下沉到这片冈峦连绵的僻远村庄。

在当地人的陪同下，阮文龙和郑瑶走进了一户屋宇陈旧的人家。当地人介绍说："这是一户重度残疾人家庭，经济较为困难。"话毕，只见屋内一位老大娘就迎了出来："上头来人看我们了，快进来坐啊！"

"我们先进去看看残疾的大伯，然后再坐下来说话。"阮文龙亲切地对着大娘说道。

他们一走进幽暗的房间，一眼便看见躺在床上的残疾大伯，他脸色灰黄，十分疲倦，却依然挂着一丝笑容，以表示他对远道而来的客人的欢迎。

阮文龙赶忙上前，俯下身对他说："大伯，这位是省残联郑理事长，我叫阮文龙，今天我们特地一起来看看你。"

"大伯，你是整天躺着的吗？谁护理你呀？"郑理事长关切地问。

这时，大伯的儿子和儿媳妇走进房里，儿子便接过话茬说："我爸是重度残疾，一年四季都得躺着，他的身边也不好缺人，我和老婆都是轮流在家里伺候的。我妈年纪也大了，说起来也需要有人照顾了。"

听完大伯儿子这样的介绍，阮文龙满脸愀然，心里非常酸楚。回到堂前，阮文龙急切地问："家里有重度残疾人，你们有什么需求吗？"

儿子急不可待地回答："今天碰到你们，我感到心里亮堂起来，早就有一肚子话憋着呢。"

"慢慢说，我们听着，会记在心里的。"郑理事长温和地说道。

"如果我爸不是重度残疾，我早就出去打工赚钱了，我家的房子也不会这么陈旧了，生活也不会这么拮据了……"

"我也好跟老公一起出去打工，吃什么苦都不怕的。"站在一旁的媳妇，也抢过话茬快速地答道。

"以孝为先，这是美德，你们做得对呀。"阮文龙忙说。

"我想，残疾人家庭应该增加护理补助。像我们家早已成为生活困难户了。"大伯的儿子又补充说道。

2019 年 6 月，阮文龙及家人、林家乐（书友）在老年公寓看望父亲留影

阮文龙和郑瑶交换了一下会意的眼神，默默地点了点头。

走出大伯家后，阮文龙和郑瑶边走边轻声交谈了起来。

"重度残疾人应该有护理补助。我准备搞个提案。"

"这样的人家看看都叫人心酸，你搞出提案后让我也看一下。"

两个人边走边聊，不知不觉间，来到了一条通往学校的乡村小路。在不远处的路边屋檐下，坐着一个补鞋匠。

"那个大伯，就是一个腿脚残疾的人，今年五十多岁了，以补鞋为生。"陪同人员手指着前方介绍道。

来到补鞋匠摊位前，阮文龙看着他那娴熟的手艺和转动的补鞋机轮，情不自禁地想起了几十年前的自己。那时，他刚初中毕业，想找一份工作是非常困难的，为了糊口，就托人介绍去镇上拜一位老补鞋匠为师，没多久就在街头摆出了补鞋摊。当时那些艰难日子和深切感受，阮文龙至今回想起来，还是那么清晰，记忆犹新。

此时，忐忑不安的阮文龙看着眼前的这位大伯，仿佛就是看到原先的自己，心里有一种说不出的滋味。

"您在家门口补鞋有几年了，来补鞋的人多不多，生意还好吗？"阮文龙声音有些颤抖地问道。

作为补鞋匠的大伯，阅人无数，看行人脚下的鞋，就大概知道一二。此时，听到阮文龙这么亲昵地问候，抬头一看便知道是上面来的人在问他。

"现在生活条件越来越好，来补鞋的人却越来越少，只有一些老人和跑跑跳跳的学生会来补。"

"补鞋的收入能维持你的生活吗？"阮文龙俯下身子摇了几下补鞋的机轮，关切地问道。

"你说能维持吗？我在这里坐一天，一般只有 10 元左右，好的时候20多元，1元钱都没有的日子也是有的。"大伯有些神情沮丧地答道。接着，又酸楚地自嘲说，"哎——能补鞋，说明我还有用。"

"你家的收入靠什么呢？"郑瑶理事长也微微俯身问道。

"难为你们上面还这么关心残疾人，有残疾人的家庭经济上大都好不到哪里去。"

"我也是残疾人，是腿残，所以我对你们的生活有着特别的感受和关注。"

大伯这才仔细打量起阮文龙来，一看到他的腿脚，脸上马上露出了惊讶的表情。

"大伯，政府一直是关心残疾人的，我们这次来就是想具体地了解一下，请放心，一定会为你们呼吁的。"郑瑶理事长和蔼地说着。说完，就与阮文龙一起挥手向大伯告别。

离开了补鞋大伯后，陪同人员又对阮文龙介绍说："这里还有一户残疾人，家里是开小超市的，可以过去看看。"接着，他又介绍说，"这一户是肢体残疾的，坐在轮椅上，他是靠政府对残疾人的关怀，办起了一个小超市，可以维持一家的开支。店面就是利用自家房子开的，也不用四处奔波，总体上讲，他家的日子还算可以维持……"

随后，阮文龙又马不停蹄地去了临安，还看望了一所职业学校的残疾学生。

阮文龙写出了一系列相关的提案，在提案中写到各级政府应该出台专门的政策，来帮扶一级残疾人。他还利用自己的渠道和人脉，想办法介绍残疾人的生存情况，让社会上更多的人来关心和帮助这一特殊的群体。这些年来，政府也十分重视这一来自底层的呼吁和求援，先后下发了对一级残疾人增加护理补助的文件。

残疾人的就业问题，也是阮文龙在基层调研中发现的一个亟待解决的问题。2017年年初，省政协举办了民生论坛，会上发言十分热烈。

阮文龙多次举手，终于轮到他发言了。他用低缓沉重的语气，较为详细地介绍了这一段时间来所掌握的残疾人就业问题。他说，目前残疾人就业难度很大，我们特别要重视职业高校的残疾人就业问题，同时，还列举了许多在走访调研中了解到的残疾人就业难的例子来加以说明。

时任省政协主席乔传秀听得非常认真，阮文龙发言一结束，她便侧过脸低声询问秘书长陈荣高："我们政协里有没有残疾人就业？如果没有安排残疾人来就业，要尽快落实安排。"陈荣高秘书长略一思忖，摇头说没有，随即表态：尽早去安排。

过了一段时间，让阮文龙感到激动和兴奋的是，当他7月份再次去省政协开会时，发现已经有残疾人在省政协就业了。此刻，阮文龙心中升腾起无限的感慨，如同潮水般汹涌：党和政府最了解残疾人的诉求，最懂得残疾人的心思！同时他还了解到，新出台了指导残疾人就业的政策，残疾人参加单位招考时，不再需要统招统考，可以单独招录。所有这些，不仅让阮文龙欣喜满满，也让他感到自己像一条遇到顺风的帆船，满载着残疾人的嘱托，正在全力划桨向前。

阮文龙在心里暗暗地自勉道："我要正确行使好自己政协委员的权利和义务，多呼吁、多走访、多调研，写出更多高质量的提案，让社会各界能有更多的人来关心和帮助残疾人事业，解决好与之相关的民生问题，从而为改变残疾人的生活现状和未来发展添砖加瓦。"

阮文龙以他不懈的追求、饱满的热情和坚强的毅力，时刻提醒着自己。他就像汪洋中的一叶小舟，无论碰到怎样的风浪，为了残疾人事业的向前发展，都要依然前行，直至到达希望的彼岸。

# 四

这些年来，作为省政协委员的阮文龙在任职期间，多次参加政协的调研活动。为做好贯彻"五水共治"的文章，他的脚步多次拓印在河边溪头。每次外出，他都格外尽职、尽力、尽心。

让他特别记忆犹新的是，2015年与时任省残联理事长郑瑶、省政协委员倪礼敏一起去金华义乌，了解当地污水管、雨水管的分离工作。委员们一行在金东区下了高速，联系上当地陪同的工作人员后，东道主原本还想让大家先休息一会儿再进行调研。

郑瑶理事长笑呵呵地摆摆手道："我们不休息了，抓紧时间直接去污水处理厂吧。"不一会儿，一行人就到了污水处理厂。他们仔细查看经过处理后，在水槽里清悠悠地流动着的水，脸上都露出了满意的笑容。

"经过污水厂处理后，这水能用吗？"阮文龙关切地问道。

一旁的陪同人员答道："我们的污水处理比较到位，基本上都合格，最后一道污水处理好后，已经达到了可以饮用的标准。"听到这样的介绍，阮文龙满意地笑道："水源可以这样循环利用，那太好了。"

接着，郑瑶理事长又带领大家沿着一条蜿蜒的小路，去看望一户人家。他们来到这户人家崭新楼房的大院前，一看便知道是刚砌好没多久的。郑瑶理事长带着委员们去查看了他家的雨水管改造情况。这也是他第二次来到这户人家了解情况。他第一次来的时候，这户人家刚开始造房子。

郑瑶跟踪追访了一年，这次借来金华调研之际，便又去了。来到村里，大家看到治污工作正按照标准有序进行着，并有了一定的成果，

2015 年 9 月，阮文龙参加政协五水共治金华义乌调研活动

都感到比较欣慰。

如今，这户人家的雨水管已经铺设到位，就差掩埋了。见此景，郑瑶理事长当即俯下身去看个究竟，还动手去挖了一下，并自言自语道："这真是细致极了。"站在一旁的阮文龙看到这一切，心里顿时泛起了喜悦的浪花："五水共治"深入基层，深入民间，真让人振奋啊！

一行人接下来的调研行程是到义乌。当地的母亲河已经花了巨资治理了，两边的河岸用整块山石堆砌而成，整齐美观，岸边绿树成行，植被丰美。看到眼前的这番胜景，美院出来的阮文龙不禁感慨起来：这山，这水，这岸，这树，简直是一幅美丽的山水画。

"我们再仔细地查看下河岸边的情况吧。"郑瑶理事长说完后，委员们纷纷散开，开始四处查看起污水管和雨水管的接口是否牢固，是否符合要求，是否按要求接进了排污口处。查看结束后，委员们没有发现什么问题，都觉得治理得很好。

此刻，阮文龙微微低下头，语调徐缓地对身边的一位委员说："我想到一个问题，治理时有治理经费保障，接下去的问题是该如何持续保持和发展，那就需要有一批人来做好对再次污染的管理。"他的话音刚落，一旁的委员们立即围在一起讨论了起来。

经过一番热议，大家达成了共识：要长期保留治污的成果，建议配备正式人员，专职看管和维护水道，这样才有利于长期治理生命之源的水，政府部门也要将此纳入长效管理的范围，以确保来之不易的"五水共治"的成果。

离开此地后，委员们又驱车来到义乌的古镇——佛堂镇。该镇历史悠久，仍保留着白墙乌瓦的古老建筑，一派古意。围绕古镇的是一条河，岸边杨柳杂树郁郁葱葱。

沿河而行，阮文龙发现河水有些浑黄，心里想：是因为刚下过雨，河水发黄，还是有污水流入？于是，他就开始仔细地观察。最终发现是因古建筑缺少污水管控，致使污水流入河流，这才造成了河水浑黄。针对这一情况，阮文龙又开始着手撰写关于更新古建筑污水处理设施的建议。

阮文龙就是这样一个停不下脚步的人。近年来，他怀着一腔虔诚和使命感，先后参加了众多的调研：在交通治堵中，对立体停车的调研；在杭州紫阳山下建造公厕，方便小巷居民的调研……特别难忘的是去桐乡、海宁参加医改的调研。这些关系到民生问题和与生命相关的大事，阮文龙在调研过程中从未含糊过，因为在他心里有一种庄重的情愫。

在研讨会上，在与大家一起讨论时，阮文龙多次对医疗中存在的重复检查、医生拿回扣以及医闹等诸多问题，发表了自己独到的观点和建议，措辞严厉，情绪激动，说完连喉咙都发干了。

# 五

省政协提出"送文化下乡"，阮文龙立即萌生了把自己的雕塑艺术作品返乡作展出的想法。他的这一设想得到了各方面的支持，特别是得到了上虞收藏家协会曹松境老师的大力支持。

城市雕塑，这对都市人来讲并不陌生。特别是这些年来，随着改革开放的不断推进和深化，几乎每个大小城市都在不同程度地向外延伸和扩张。特别是在高楼林立、道路纵横的大城市里，城市雕塑作为一个城市的坐标和象征，不仅在艺术领域异军突起，同时，也彰显着这个城市的个性与魅力。

从事城市雕塑设计工作较早的阮文龙，这些年来也取得了不小的收获，在全国许多城市中，都留下了他的足迹和优秀作品。因此，阮文龙的每一件作品都是他的艺术灵魂，是他追求美好生活的再现。

为了办好家乡的这次雕塑作品展览，让更多的乡亲了解艺术、了解雕塑，阮文龙在曹松境老师的大力支持和精心策划下，从场地设计、进场布展，到开幕式、接待日程的安排，他俩都亲临现场，亲力亲为，从而把整个展览的准备工作都安排得井井有条。同时，阮文龙还想借助这次展览的契机，创作一幅"返乡之路"的雕塑作品，赠送给当地百姓，以此来表达对家乡父老乡亲的一份情怀。

2016年隆冬的一天，上虞区文化艺术展示馆内人头攒动、笑声四起，一场名为"别样人生"的雕塑艺术展开幕了。展厅四周摆放着阮文龙这些年来精心构思和制作的近百件精品雕塑，有概念流派的《湘潭之光》，有展现力度平衡之美的《天马》，也有或威严或灵秀的人像作品。

"别样人生"雕塑艺术展开幕式上陈玉国讲话

2016年11月3日，阮文龙在艺术园接受上虞电视台《天南地北上虞人》栏目组采访

上虞雕塑艺术展阮文龙向上虞收藏家协会赠送作品，曹松境老师向其颁发收藏证书

2016年1月9日，"别样人生"雕塑艺术展在上虞文化艺术展示馆举行

这些细腻兼顾豪放的雕塑作品，不仅凝聚了阮文龙在艺术创作道路上不断探索所付出的心血，而且给家乡的父老乡亲送上了精神食粮和文化大餐。特别是作为一名残疾人，在人生道路和事业发展的进程中，体现出来的那种不屈不挠、顽强拼搏的精神，更是给了人们一种心灵的启迪。

这次"别样人生"雕塑艺术展览，也是近些年来上虞文化界少有的一桩盛事，吸引了当地媒体界、文化界的极大关注。

在展览现场，当地电视台的主持人向阮文龙问道："我知道你平常是在杭州的，但这次回到家乡来办这个展览，有什么样的感想？"

面对这一提问，阮文龙难掩激动之心："今天我回到家乡来办这个展，非常高兴。因为我从小就生长在母亲河曹娥江边上，对家乡有着特别深厚的感情。可以说，通过这次展览，向更多的人介绍城市雕塑艺术作品，从某种程度上讲，也是我向阔别多年的父老乡亲的一次汇报。"

镜头下的他，如数家珍地回答了主持人一个又一个的提问。

接着，主持人引领他走到一件名为"马踏飞燕"的雕塑作品旁。阮文龙介绍道，城市雕塑好多都是在室外，占地面积很广。像我们在三门峡做的那个"马踏飞燕"城雕，它有26米高，将近7层楼的高度，所以不能带过来，今天在这儿展示的是它的小品。

主持人和阮文龙挪步走到一件插着翅膀的飞马雕塑旁。主持人问：这件作品是天马吧？因为我看到这马，你给它设计了两个翅膀，仿佛是马匹在天空中飞跃奔腾着。

阮文龙介绍道："这个作品叫《天马》，这个雕塑的作品原件就坐落在浙江衢州常山县的天马广场。当时，我是按照地域文化的要素进行创作的。整个雕塑作品用青铜铸就，总重量大约有20吨，高有

10 米，马的长度也有 8 米多。从它的前脚到后面的脚，为了漂亮的外观和雕塑的支撑点，我在前面设计了很大的跨度。同时，为了确保安全和受力需要，我还在这大跨度里面加了一些钢材。为此，我还专门钻进去看过。它里面的空间非常小，只有 40 厘米左右的空隙，在灌注材料的时候，也都是非常困难的。所有这些，都是雕塑艺术家在施工的过程中必须去思考和把握的问题。所以说，我们在创作的过程中，经常会碰到类似艺术设计和具体施工的结构矛盾，破解的难度也都是很大的。譬如好多城市广场上的雕塑作品往往就是这样的，它需要有好多次的整体协调和细心磨合。"

古代的通泽将军雕像，它整个是由花岗岩雕刻而成的，高 4 米，底座 1.5 米，总高度在 6.5 米左右。很多当地的老百姓就是通过雕塑来纪念他的。这大概也算是通泽将军家乡的一种乡情文化。

舜耕文化雕塑群，当时也已经完成了大量的雕塑工作，后来考虑到雕塑群和山体的协调，又制作了一块浮雕，以此来反映禹舜文化的一些历史背景。雕塑中所反映的艺术形象，也都是在原先神话传说的基础上，进行艺术创新的。眼前的这个雕塑群，反映了当时大舜在上虞治水的故事。

在他的边上，还特意安排了当时两个治水有功的人物，这就是他的左右手，相当于现在的工程师。如今，把这两人做在了雕塑群上，也是为了让后人更好地纪念他们。

在雕塑群的背景上，设计了许多农耕人物，包括在上虞种地的老百姓，以及一些制陶人物和陶瓷作品，这些都反映了处在农耕时期的人们欣欣向荣的生活场景。

对于东汉的谢安雕像，阮文龙特别介绍道："这个雕塑总的高是 5 米，底座是 1 米，加起来有 6 米。这幅雕塑作品，它最大的特点就

雕塑作品《通泽将军》在绍兴上虞区陈溪乡

是由整块花岗岩做成的。这在城市雕塑中也是极为罕见的，不仅这么大的石料难找，而且在制作工艺中，也有许多难题需要去攻破。"如今，阮文龙把这么独特精美的雕塑作品展现在家乡人民面前，心里真有着一种说不清楚的喜悦。

"别样人生"雕塑艺术展，从一个侧面反映出阮文龙在艺术道路上的追求和丰硕成果。其中，最让他感到欣喜和满意的作品，就是陈列在河南大别山将帅馆的大型铜像浮雕像。这是全国唯一一座集中反映鄂豫皖苏区开国将帅的展馆。阮文龙把曾经在鄂豫皖苏区工作和战斗过的 349 位开国将帅，通过精心设计和完美的艺术表现手法，将他们的英雄形象制作成人物浮雕像。同时，这个雕塑群像也集中反映了从河南新县大别山鄂豫皖苏区走出来的将军们的英雄气概。

目前在中国，这也是最大、最全的将军群雕像之一。整个群雕像高约 10 米，宽 33 米，刘伯承、徐向前、李德生、许世友等赫然在列。为了能让参观者看得清楚，只要讲解员用电子笔一扫描将帅们的雕像，就能显示出将帅们的名字。

在创作的过程中，阮文龙为了确保雕像的真实性和艺术性的完美结合，亲自到大别山那一带察看和收集素材。虽然手里有当年将帅工作和战斗过的照片可供参考，但仍有许多细节要通过自己的创作来完成。

譬如：头像照片下面的身子、手、服装，还有他的胸章、肩领、将衔要做成怎么样的，每一个小小的细节都是要求十分严谨的，因为它必须与历史相吻合。在设计人雕群像后的青山、劲松的时候，阮文龙以严谨的创作风格要求自己，经过再三的分析和不断推敲，最后确定以大别山的整体山势为主景，并参照许世友将军家房子后山边上的松树造型来创作。

主持人陪着阮文龙移步换景，眼前这一件件雕塑作品，不仅凝聚了阮文龙追求艺术的心血，而且还刻画上了他在艺术道路上的年轮。

面对如此丰硕的艺术成果，阮文龙不禁回忆起，他年少时为了坚持艺术道路的艰辛、困厄：3岁时，因患小儿麻痹症致残，成年后虽然确定了自己的人生梦想——学习画画，但那时贫穷的他，连最基本的画画工具也没有。然而，他仍是凭着对艺术的执着追求，自强、坚定的信念，终于在三十而立的年纪，如愿考进了中国美术学院。

早期的创业艰辛并没有阻碍阮文龙对艺术追求的步伐，他以常人少有的坚韧和毅力，在通往艺术的道路上前行。在历经坎坷、探索艺术的过程中，他终于成功地迈进了艺术的殿堂——中国城市雕塑。

从此，阮文龙用他超人的智慧和朴实的情感，开始把握城市的脉搏，谱写雕塑的华章。现今，经他创作或参与的雕塑作品，巍然矗立在全国诸多大小城市中，其中包括了北京、上海、杭州、广州、沈阳、大连等地。

在这次雕塑艺术展览中，还有一件被阮文龙视为珍宝的作品——一对重达一吨的青铜大缸。说起这两口大缸，也是他特意为这次"别样人生"雕塑展所准备的。整个缸直径1.6米，高1.2米，重达500公斤。其中一口缸取名为"清水缸"，阮文龙用古朴的篆书铸上了"风清气正"四个字。

当初创作这口青铜"清水缸"，还是阮文龙参加"五水共治"调研给他带来的动因。

作为一名治水的调研员和监督员，阮文龙想通过这口"清水缸"作为艺术载体，引起百姓对水污染治理和水资源保护的重视，从而为推动"五水共治"作出自己的一份贡献。

然而，在具体的铸造过程中，其难度也是比较大的。特别是整个缸体这么大且又非常重，在铸造过程中，又必须确保它不能变形，因此，

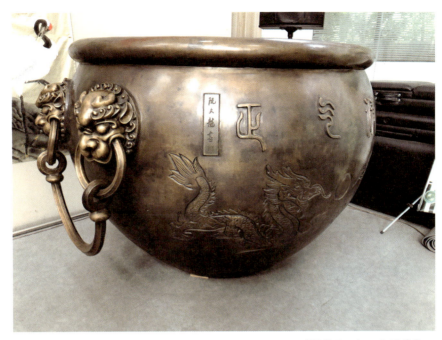

雕塑作品《缸》之风清气正

雕塑作品《缸》之翰墨神飞

从工艺上来讲，每一道工序的完成都必须小心翼翼，谨慎把关。同时，还要考虑到缸体的造型和审美。

阮文龙在创作设计和制作过程中，查阅了大量的相关书籍，最后，他决定吸取故宫类似文物中的一些精华作为参考范本。用"风清气正"四字，使缸的名称变得更雅；缸体上刻画了中国传统的飞龙图案，更是让这口缸的内涵更加丰富。

在中国传统文化里，一直以来比较讲究"成双成对"，阮文龙为了让"清水缸"有一个能与之相媲美的"同伴"，他还精心铸造了一口"墨水缸"，雅名叫"翰墨神飞"，其寓意是想让人把一缸的墨水都能写完。他这个设计的本意是，上虞自古以来有很多文人墨客，而这一对缸原本也是为这次文化下乡特意铸造的。

因此，阮文龙凭借他对中国传统文化的理解，果断地在"墨水缸"的缸体上，设计了众人喜欢的梅兰竹菊图案，这也在一定程度上与文人的文房四宝——笔墨纸砚相匹配。

展览期间恰逢春节，阮文龙想让游客来这里参观游览，摸摸缸沿。尤其是摩挲缸体上的龙珠，用手轻轻叩击一下，便会发出金石之音，犹如敲钟一般，这对迎新春的人来说也是非常吉祥的。

"别样人生"——阮文龙雕塑艺术展开幕式上，宾客云集。阮文龙少年时代的老师来了，指引阮文龙走上艺术道路的老师来了，上虞的有关部门领导来了，与阮文龙一样坚守在艺术道路上的残疾人朋友也来了。中国肢残人协会还专门发来了贺信：

　　阮文龙同志是我国肢残人中的一位杰出代表，他不畏艰难，刻苦学习文化和艺术，在美术雕塑和书画领域，取得了很高的成就。

　　他白手起家，勇敢创业，成功建立起亚龙雕塑有限公司和艺

2016 年 3 月，上虞美术培训班老师学生在 32 年后的重聚活动中合影留念

术培训基地。他立足本职，心系社会，积极关心残疾人事业，接纳残疾人为企业职工，捐献财物，救助困难残疾人。阮文龙同志以实际行动，为我国的社会事业的发展作出了贡献，为我们广大的肢残人作出了榜样，起了带头作用。

我们相信，本次艺术展将让我们观众在领略阮文龙艺术成就的同时，通过一幅幅、一件件精美的艺术作品，可以体察他生活的道路和成长的脚印，了解他对生活的热爱，对人民的热爱，对大自然和祖国的热爱，以及他高尚的情怀，从而感悟到他"一样的人生，别样的风采"的崇高境界。预祝本次艺术展圆满成功。

民进浙江省委也发来了贺信，信中写道："欣悉阮文龙同志'别样人生'艺术展顺利开幕，民进浙江省委会谨致以热烈的祝贺。"

阮文龙艰苦创业、自强不息的光荣事迹，在民进企业家之间、文化支部内广泛流传。自从成为一名民进会员和政协委员，参加杭州民进企业家联谊会并被选为常务理事后，阮文龙积极参加组织生活，学习政策，关心社会大事，在把文化产业搞好的同时，也积极履行民主党派肩负的社会责任，深入基层，调查研究，参政议政，为经济建设、文化产业发展作出了贡献。

"祝阮文龙在文化艺术事业上创造出更辉煌的业绩。"时任浙江省残疾人联合会党组副书记、副理事长陈玉国先生在开幕式上，也发表了热情洋溢的讲话，并对长期以来支持残疾人发展和阮文龙艺术事业发展的省、市有关部门及社会各界人士表示感谢。

他说，阮文龙是好样的，他的"别样人生"展览，诠释了阮文龙的从艺之道，也充分体现了一个残疾人自强不息的精神和坚强意志。今天在这里展示的作品，既包含了他的甜酸苦辣，又包含了他的奋斗成果。阮文龙成功举办艺术展给我们的启迪是：人要有希望、有理想，我们人生的意义在于对生活和事业不断地进行追求。

陈玉国希望阮文龙要再接再厉，继续努力，以这次艺术展作为新的起点，再创艺术的辉煌。同时，他希望社会各界有更多的人来关心支持残疾人，特别是像阮文龙这样优秀的残疾人艺术家，要给他们创造一种更好的环境和氛围。最后，他希望广大残疾人朋友要以阮文龙为榜样，通过自己的不懈努力和追求，去创造更加美好的人生。

这天，阮文龙还借艺术展开幕式之际，捐献了他的雕塑作品。他在答谢词中朴实地说道："今天这个展览是我应该来做的。一是因为我作为一名省政协委员和民进会员，乘着文化下基层的机会，我把我的艺术作品带回家乡，让更多的父老乡亲了解我，我很高兴，也很自豪。第二层意思，上虞是我的家乡，出生在这里，生长在曹娥江边，忘不了那份浓浓的乡情，1996 年，在上虞人民大桥上，就留下了我创作的雕塑作品。我把自己的人生经历，总结成六个字：苦难就是财富。人只有经历了苦难，才会迸发出激情去改变人生。我阮文龙之所以能有今天，靠的是党和政府的关爱，社会各界对残疾人事业的支持和帮助，靠的是不畏艰难的韧性和勇气，我将一如既往地在艺术的道路上不断前行，直至到达胜利的彼岸。"

# 六

2016年2月15日。这天是大年初八，过年的气氛还像浓雾一般弥漫在中国大地上。同样，过年的喜气也萦绕在阮文龙的心上。春节后第一天上班，他与员工们聚集在一起，兴致勃勃地谈起了新一年的工作安排。谈兴正浓时，忽然手机响了："阮文龙委员，乔传秀主席要来走访亚龙艺术培训基地，她让我问一下你有没有时间。"

阮文龙高兴地向省政协秘书长答道："有时间，欢迎，欢迎。"

第二天上午9点，时任浙江省政协主席乔传秀一行来到了亚龙艺术培训基地。乔主席一下车，就笑着握住阮文龙的手说道："《别样的人生》这本书我拜读了。有梦想就好，有了梦想，就会朝着这个梦想不断前进，历经千辛万苦终能成功。"

进入园区，乔传秀主席走进阮文龙创办的画室。许多与阮文龙当年一样怀揣着艺术梦想的少年正在孜孜不倦地临摹、创作。

乔传秀主席看到一位女生正在画素描。女孩充满灵气的脸庞、专注的神情顿时吸引住了乔主席，她停下脚步，与女孩攀谈起来。

当她了解到女孩是特意从兰州来到杭州追逐艺术梦想时，乔传秀主席动情地对她说："人生的梦想，最重要的是要靠自己孜孜以求，别人也帮不了大忙。老师会细心辅助你，不断地指点你，但最终还是要靠你静下心来，要有耐心、决心、诚心，除了刻苦，还要有一点悟性和灵感。"

　　乔传秀主席虽然是对着这位来自兰州的女孩在说，但在场的每个学员都在认真聆听，她这番语重心长的话，深深地刻在了每一个学员的心坎上。

　　站在一旁的阮文龙，心里也激动了起来，他想：自己的"别样的人生"不正是靠着顽强奋斗，不断地在波折中奋力向前，才使自己的人生梦想一步步得以实现的吗？

2016 年 2 月，时任浙江省政协主席乔传秀走访政协委员阮文龙创办的艺术园

　　陪同乔传秀主席前来的一位领导轻声对着阮文龙问道："这座亚龙艺术大楼是你独立建造起来的？"阮文龙点头回答说："是的。"接着，那位领导又赞许道："你真的不容易，不简单。"

　　走在亚龙艺术培训基地的园区里，艺术气息扑面而来。最醒目的就是阮文龙为大别山所创作的将帅群像。乔传秀主席一边认真地观看着雕像，询问创作的过程和艺术的表现手法，一边勉励阮文龙要继续努力，不断前进。这不仅让阮文龙心里感到热乎乎的，而且让他充满了奋斗的激情。

　　在会议室里，乔传秀主席热情地向在场的人讲述起了阮文龙的故事："我看了写你的《别样的人生》这本书，我就觉得，你在已经过

2016 年 2 月，时任浙江省政协主席乔传秀与阮文龙合影

去的这些岁月里，坎坷多，磨难多，但是从你这些年来的奋斗经历中，能看到你不服输、不认输，始终有一股倔劲，有一股别人能做、我也能做，别人让我做好的，我一定要做出样子给你看的拼搏劲头！"

接着，乔传秀主席环顾了一下又说道：

"阮文龙人生磨难居多，虽然做了手术，人家还是觉得与正常人有些区别，但是他始终没有自卑，一路走来，自强不息，加上天赋和艺术细胞，对准目标坚定不移。所以我认为，你这个自强不息的精神了不得，这就是你'别样的人生'的秘密所在。

"第二个让我们印象深刻的是，你有懂得感恩的品质。虽然在成长和创业的过程中，你取得了辉煌的成就，但是你始终怀有一颗感恩的心。你始终感恩你的父母，在艰难的岁月中，在受到多种磨难折腾的过程中，你的父母亲没有抛弃你。你感恩在这个过程中教过你的修鞋的师傅、油漆工师傅和各位老师，如最早教你作画的朱老师，你始终铭记着。你感恩党和政府对你的关爱、支持，你始终激励自己，不断奋进，追求一个更好、更高的目标，更好地回报党和国家。你有这样一个心境，有这样一种好品质！

"第三，你这种爱党、爱国、爱乡、爱老百姓的品质，可敬可佩，你今天的成就和作为，已经让大家刮目相看，你不仅城市雕塑做得好，油画也在努力创作的过程中。城市雕塑对社会而言，点缀了城市，美化了生活，也有利于美丽的中国、美丽的浙江、美丽的杭州、美丽的乡村建设。

"第四，你经常组织一些社会公益活动，到街道社区，到老百姓中间，你也会为残疾人提供免费的培训基地和学习场所，不管走到哪里，都有对社会的责任感。还有，你始终把传播正能量放在心上，积极主动地进行传播。你创作的城市雕塑，你宣传的都是我们革命的前辈，我们大家心目中敬仰的党和国家领导人，社会发展的先进榜样，等等。吴菊萍那个雕塑，就是普通老百姓的形象，传播的就是正能量。没有人要求你这样做，但你把握了这个方向，做得非常正确。你还为国家、为社会培养输送了很多人才。"

阮文龙听了乔传秀主席这番语重心长的话，受到了极大的鼓舞，激动地说道："我感觉还有好多工作没有完成、没有做好，我要继续努力去做，一定要为社会多作奉献，为残疾人多做事情。"

送别乔主席一行，阮文龙心里真有一种"春风又绿江南岸"的感觉，他觉得今天吹来的这股春风，一定会促进他继续奋进，并催促他开出更多更好的艺术之花。一想到这儿，阮文龙不觉地捏紧了拳头，浑身涌动着一股激情：在新时代新的环境下，我要再创出一番新成绩；同时，还要进一步充实自己，努力学习，不断探索，不断创新，决不能放松自己！

第三章

上不完的课

# 一

　　这是哪里，竟如此清逸和秀丽——一大片一大片的莲花，一眼望不到天际。微风过处，粉红色的波浪一波连着一波；白色的莲花则如白云一样飘向远方，又如白雪般洁白无瑕。

　　一片碧荷密密匝匝，洋洋洒洒延伸至湖心，衬托着如同身披白纱的仙女似的白荷，映衬着如同脸色红润的少女般的红荷，真是如梦似幻，宛如仙境。

　　荷塘边逶迤走来几个人，手里都拿着画夹，步履却较为缓慢。

　　他们是谁？看上去有点像画家。他们为什么走得那样慢？难道是在这红荷白荷装点的清香远溢的荷世界里陶醉了？在荷风中沉醉，那是人之常情，但他们迟缓的脚步似乎另有隐情。

　　这里是有着"荷花村"之称的浙江建德市大慈岩镇双泉村。

　　从荷塘边走来的一行人，他们是阮文龙带领的前来参加写生的残疾人画家，还有中国美院书画进修班的学员，因为阮文龙曾为双泉村做过"荷花仙子"的雕塑，所以他就提议并带领这些画家到这里来采风和写生。

　　阮文龙为了进一步提高喜爱书画的残疾人的书画艺术水平，就动员了一些人一起参加中国美院书画培训班。他想，残疾人学得一手技艺，有利于就业，有利于创业，有利于脱贫。这就有了这一次写生活动。

尽管阮文龙对这里的十里荷花景观十分熟悉，但身临其境的他又一次沉迷在醉人心神的美景之中。荷塘边微风柔柔地吹来，温馨地抚摩着他的脸，清香沁入他的肺腑，心里不由得泛起了涟漪。

接着，他便对身边的几位学员感叹道："荷花，出淤泥而不染，濯清涟而不妖，生性高洁，形态端庄，刚正而不攀附，纯洁而不合污。古往今来，不知有多少文人墨客赞美过荷花，不知有多少画家画过荷花，这次我们到双泉村来写生采风，一定要画出荷花的品性，画出荷花的精神。"

一个王姓学员接过话茬说："我在资料上看到古代诗人说'清水出芙蓉，天然去雕饰'，觉得画荷花要画出这种天然的本性。而莲之美，在于洁，在于正，这些又是它的天然本性。"

2016 年 10 月 10 日，阮文龙在临安写生

2015 年，中国美院高研部学员赴双泉荷花之乡公益书画笔会活动

一位女学员说："'小荷才露尖尖角，早有蜻蜓立上头。'这诗句道出了荷花的情趣，我觉得画荷花也要留心意趣和情趣。"

"'接天莲叶无穷碧，映日荷花别样红。'这是杨万里写西湖的荷花。而双泉村的荷塘与西湖不尽相同，这里的荷塘依坡而筑，彼此相连，层层叠叠，逶迤至远处，更有壮丽之美。"阮文龙思忖着说，"每个人都可以画出自己心中的荷花。最好能画出双泉村荷花的特色。"

大家你一言我一语地说着，眼睛却都在捕捉着白荷、红荷的美。

"大家边欣赏荷花，边选择自己写生的位置。"阮文龙环顾众人，继续说，"现在开始写生，下午一起去看承恩堂和积庆堂。"

在现场，阮文龙选择了一枝并蒂莲来画，他边写生边想：画好后，我要把这幅画送给双泉村。也希望其他的画家能将画作赠送给双泉村，让双泉村既有自然的美，也有人文的美。

一丝难以掩饰的笑意挂在嘴边，他在为自己的美意而暗暗高兴。

下午，这些画家们在阮文龙的带领下，向双泉村的古建筑承恩堂走去。

阮文龙边走边侧过身向大家介绍道："双泉村是诸葛亮的后裔聚居之地，历史早于兰溪的诸葛村。承恩堂是诸葛后裔祭拜祖先的殿堂，至今已有 760 多年的历史。我们都是搞绘画创作的，学画的人既要师法自然，也要师法古人。这个承恩堂是值得我们仔细揣摩的有价值的文物。"

听阮文龙这么一说，画家们也纷纷议论了起来：

"比兰溪诸葛村还早，那真是古村落了。"

"一个村庄把古建筑保护得这么好，那也真的是不容易。"

进了大门，一副对联吸引了画家们的视线："诸葛传家敬业数千载；承恩世继诗书岁百年。"

"这副对联让我们感到了承恩堂的沧桑岁月，也知道了承恩堂的由来。"阮文龙念罢对联这样说道。

"承恩，感恩，这也是做人的品性。"一位画家接着说。

阮文龙用手指着横梁下的牛腿说："你们看，这里雕的是诸葛亮的空城计。既符合诸葛文化的内涵，又使我们感受到古人雕技的高超。"

"雕得细腻，线条流畅，雕法也不单一，有透雕，圆雕，非同一般。"

"这对我们画人物也有可借鉴之处。"

"你看，这边还有'三顾茅庐'的雕刻，人物栩栩如生，脸部表情生动。"

"双泉村真是一部诸葛文化和莲文化的大书啊，我们这些画家真是来对地方了。"

"这还得感谢阮总，把我们带到这么好的地方来。"

阮文龙忙微笑着说："大家不用夸我了，今天看了这么多，走了这么多，回去后要好好构思，好好画，好好写。我提议，大家把这次写生的画作和书法作品全部赠送给双泉村。"

话音刚落，大家就异口同声地回答："好！我们举双手赞成。"

在充满诗韵画意的双泉村，阮文龙心中十分惬意，更有书画捐赠的义举，心里又增添了爱的芬芳，心香飘动，他接连挥笔书写了十多幅书法作品，又写生了几幅荷花。其他六位画家也全都挥笔泼墨，大显身手。

双泉村的大人小孩都来看画家们画画写字，有的拿着莲子饼要画家尝尝，有的端着莲子酒叫画家喝上几口，淳朴的民风和厚道的村民，使画家们更加兴致勃勃，创作激情高涨。

双泉村的鲁书记来了，阮文龙赶忙迎上前去握手致意。简单的捐赠仪式就自然而然地开始了。

阮文龙把画家们一一介绍给鲁书记和在场的村民，然后缓缓地说："一个民族有自己的文化特征和文化内涵，推而广之，一个村落也有自己的文化，但文化底蕴或多或少，或厚或薄都与历史、地理有着极大的关联。这次我们前来采风写生，深深地感受到双泉村的文化属性十分丰富，有荷文化、诸葛文化、泉文化、畲族文化，是多种文化的集成。这多元文化为历代文人墨客所推崇，也为今天的书画家们所偏爱。我们几个书画家都感到双泉村到处画意浓浓，我们在这里创作的书画是双泉村赐给我们的，因此我们决定把我们这些书画作品全部捐赠给双泉村。"

掌声响起来了。

掌声，是画家发自内心的喜悦。

掌声，是鲁书记和村民不由自主的欢笑。

一些得到书画作品的村民喜不自胜。为了表达谢意，他们纷纷回家捧来莲子酒，端来莲子饼，一定要画家们品尝。

村民笑了，画家笑了，带着荷香的笑声在夜空中弥漫。

2020 年 10 月阮文龙雁荡山写生作品　　　　　　　2021 年 4 月苏州园林写生作品

苏州园林铅笔速写　　　　　　　　　　　　　苏州园林铅笔画

2021 年 4 月，中国美院高研部山水班在苏州园林写生留影

这些年来，阮文龙参加过一次又一次书画培训班，而这次在双泉村的采风场景，只不过是众多书画培训班活动中的一个镜头。

2020 年 10 月 10 日，还在美院宋画山水高研班进修的阮文龙，在班主任陈明坤老师带队下前往温州雁荡山写生。还有一位年轻有为的任课老师叫关攀登，他也一起前往。途中阮文龙和他互相交流后，觉得这个年轻老师很有觉悟，后来推荐他加入民主党派，成为了民进文化支部的会员，作为民主党派为文艺服务做贡献。雁荡山以山水奇秀闻名，素有"海上名山、寰中绝胜"之誉，史称中国"东南第一山"，位于浙江省温州市东北部海滨，小部在台州市温岭南境。唐代时期，西域高僧诺讵那因仰慕雁荡山"花村鸟山"之美名，率弟子三百来雁荡山弘扬佛教。其景色绝美，是山水画作者写生的好去处。

阮文龙他们一行到达雁荡山后住宿在农家，他与年轻同学张墨琳在一个宿舍，开启了他们的写生生活。在生活中很多时候都会出现事与愿违的情况，由于山区天气转凉，在那写生将近一个星期后，阮文龙着凉感冒了，在当地社区医院配药治疗后没有什么效果，于是他只能选择离开全班同学，独自返回杭州。

回到杭州后的阮文龙，前往本地社区医院继续医治，最后还是到杭州市第三人民医院接受一周的住院治疗后才慢慢痊愈。

2021 年 5 月 6 日，学校组织学生赴苏州写生。自古以来，苏州园林家喻户晓，具有精美卓绝的造园艺术和个性鲜明的艺术特点。阮文龙当然也不会错过这次机会，与全班同学一起去了苏州。可是，在 5 月 17 日这天，阮文龙突然接到妹妹阮文娥的电话，得到了父亲病危的通知，阮文龙顿感晴天霹雳，他去苏州前还曾专程看望过父亲，那时父亲还是好好的……

这一消息太突然了，怎么可能呢？随即阮文龙动身赶赴上虞。阮文龙一路上想着弟弟阮文林和妹妹阮文娥一直生活在上虞、工作在上虞，自从父亲回到上虞后，对父亲的看望、照顾上，他们俩付出的相对多一些，自己感到非常内疚。晚上 10 点多才到达上虞。此时，不屈不挠、谦虚善良、和蔼可亲的父亲已经永远地离开了。阮文龙内心非常悲痛，父亲离世前最后一眼没看到他，最后一句话没等到他。

父亲为了给儿时的阮文龙看病，经常是肩上挑着一只箩筐里的他和一只箩筐里的石臼，在泥泞的小路上前行；含辛茹苦地陪伴着他们三兄妹成长。

平日里，家里或儿女遇到了困难，只要身边有父亲在，一切都会好起来。如今他们的生活越来越好，子孙们也都长大成人，可慈祥的父亲却永远地离开了，这也让阮文龙感到非常痛惜。

虽然经历过这两次不同寻常的写生，但阮文龙并没有减弱外出写生的决心。

据了解，阮文龙参加过名目繁多的书画培训班，包括：

清华大学首期油画创作高研班；

中国美院书法培训班；

中国美院花鸟画培训班；

何水法花鸟画秋季培训班；

中国美院首届写意花鸟高研班；

中国美院高研部变体临摹班；

中国美院高研部宋画培训班；

……

阮文龙参加过的书画培训班，真可谓何其多也！

阮文龙带领残疾人多次参加培训，他的初衷是：残疾人有一技在手，就多了一份谋生的本事，多了一份脱贫的本钱。

# 二

这些年来，一直顺利地经营着亚龙艺术培训基地的阮文龙，缘何不断折腾自己，要去参加那么多的书画培训班呢？难道他着了什么魔吗？本来就能写书法又会绘画的他，难道还想做一名书画家吗？

难道是阮文龙成为省政协委员，又成了浙江省政协诗书画之友社的理事后，想提高自己的书画技艺吗？

可以这样回答：是的，但又不全是。

难道是亚龙艺术培训基地举办了一期又一期的残疾人书画培训班、青少年书画培训班，作为这一艺术基地的法人代表、大管家非得打铁先要自身硬，自己得有过人的书画水平吗？

这同样可以这样回答：是的，但又不全是。

那究竟应该如何正确地全面回答呢？

得先让大家来看一个不常见的场面。

时间：2015年9月；地点：临安人民广场。

一轮皓月当空，秋风送爽，天气宜人。

开阔的广场上，主席台上灯光璀璨，一条微微飘动着的横幅上标语赫然入目："文化进社区，书画进万家，共筑中国梦。"这是由书画爱好者郑向前推荐参与策划并开展的活动。

在广场周围，一棵棵在夜色中变成墨绿色的树木直插夜空，叶片时而反射着明月的光辉。树下，不断地有男女老少来到广场，向灯火通明的主席台走去。在涌向广场的人群中，有不少是坐着轮椅缓缓而来的，也有拄着拐杖一摇一摆而来的，还有家人护拥而来的肢残人。

活动开始了，首先是主持人上台做了热情洋溢的介绍："书画家们送文化下乡，第一站就选在临安，临安人民也非常热情。我们残疾人书画家是棒棒的，他们的作品内容跟我们是心意相通的。我们广大群众和残疾人也是有鉴赏能力的。希望大家踊跃参加今天的活动，真正让书画进入寻常百姓家。"

紧接着，这次送文化下乡的领头人阮文龙缓步上台，他环视了一下台下挤挤挨挨的人群，不紧不慢地说道："省、市残联积极响应省政协的号召，送文化下乡。为了今天的这一场活动，我们残疾人书画家做了充分的准备，书画家们拿出看家本领，精心绘画，认真写字，把最好的精神食粮送下乡。这次由我们党支部书记汪丽萍专程开车带来的作品，在数量上可能满足不了大家的需求，因为我们没有想到来现场的人会有这么多。现在我们准备采用拍卖的方式，每幅字画都从100元起拍，需要的人就举手报价。"

"好！"台下一片欢叫声。

也有小声议论的："100元钱算什么，能买到一幅书画等于买到了100个开心！"

2014年，在杭州钱江新城钱塘航空大厦举办的书画公益培训班留影

"家里挂起书画，像个有文化的人家，小孩子读书都会用功些。"

看起来，书画进万家真是个合时宜的新鲜事儿，百姓还挺欢迎。

主持拍卖的小伙子西装革履，领带鲜红，声音清亮："书画拍卖会现在开始。"

两个衣着时尚而鲜丽的志愿者合举着一幅牡丹画，款款走到舞台中央。在灯光的辉映下，画面上红牡丹、紫牡丹、绿牡丹争奇斗艳，在绿叶的映衬下，含苞欲放的花蕾似乎响起了花开的声音。

台下一片寂静，纷纷注目画面。

"这幅牡丹画 100 元起拍，需要拍的人请举手。"主拍人举目环视台下。

"我要！"手举得老高，嗓门挺响。

"我要！""我要！""我要！"……

手臂高举，如同一片小树林。

竞拍报价声此起彼伏，如同潮起潮落。

"我出 120 元！""我出 150 元！""我出 200 元！"

自动加价。最后牡丹画被一个亮晶晶的"光头"拍走。

"光头"随即掏出 200 元人民币，纵身飞跳上舞台，将牡丹画取走了。他满脸笑容，兴高采烈地朝台下的人群做了一个跳跃的动作。

紧接着出现在志愿者手上的是一幅遒劲有力、错落有致的大字：花好月圆。

"花好月圆，这幅书法很适合新婚人家，起拍价 100 元，需要的人请举手。"主拍人恰切地介绍道。

虽说举手者不如前一幅画多，但感人的场面却让人唏嘘不已。一个年近六旬的老者摇着轮椅来到台前，恳切地说："我的独养儿子就要结婚了，这幅字就拍给我吧，我把这幅字作为礼物送给儿子儿媳。"

临安书画活动现场

这时一个脸色黝黑的打工者却争着要："我要这幅字，我就要回老家去结婚了，我要把这幅字挂在我家客堂上，让亲朋好友看到这幅字叫好。"

都出 100 元，这幅字拍给谁呢？

主拍人有些为难，来到坐在主席台上的阮文龙跟前，低声请教。

阮文龙脸上堆满笑容，因为这幅字出自他的手笔。他没有直接回复主持人，而是仍然双眼炯炯地看着这两个竞拍的人。

"我先说，应该拍给我。"一个说。

"我是我自己结婚，你是儿子结婚，当然应该拍给我。"另一个说。

阮文龙见自己的书法被人争抢，乐了，笑得合不拢嘴。争拍，怎么处置？两人报价又一样。阮文龙这才正视主拍人，快速地回答："先给那个年轻的打工者。叫那老人别走，等会儿还有。"

一锤定音，争拍者皆大欢喜，台下的观众大声叫好。

争抢书画，这样戏剧性的场面出现了几次，把这场名为拍卖实为赠送的活动推向了高潮。

拍卖结束后，阮文龙又一次走到台前，对着话筒说："各位朋友，残疾人兄弟姐妹，看着今天的送文化活动，我十分激动，思潮起伏。原来生活在最基层的百姓，包括打工族，还有我的残疾人兄弟姐妹，那么热爱文化，那么需要书画。送文化下乡，真是送对了，送到了最需要的人手里！我们搞书画，不是光想着去搞展览，拿到书画廊去卖，不是光想有一技在手吃饭不愁，而是要为人民服务，为基层百姓服务，为残疾人服务。为此，我宣告，今天拍卖所得的钱，全部用于公益事业！"

台下响起暴风骤雨般的掌声。

这掌声是对送文化下乡的赞扬。

这掌声是对为人民而书画的残疾人书画家的褒奖。

阮文龙双手往下虚按了一下，掌声才停了下来。他目光在搜寻着那位坐轮椅的残疾人，双方的目光对接上了，如同一股热流注入双方的心里。阮文龙激情盈怀，大声说："那位坐轮椅的残疾朋友散会后留一下，其他没有拍到的朋友也可以留一下。"

人群退潮了，还有几个人留下来，好像退潮后海滩上的海鸥。

阮文龙先朝轮椅上的老人询问："大爷，你是什么情况，还需要字画？"

"我年轻时在建筑工地的脚手架上摔下来致残，这么多年来我老婆一直细心照料我，子女也毫无怨言地照看我，更重要的是我儿子新婚，我想送幅字祝贺儿子儿媳，同时也感谢我的全家。"老人一脸诚恳，听者也有些动容。

"我当场给你写'家和万事兴'，好不好？"阮文龙说话的声音有些颤抖。

"好，太好了！"盈盈泪水在老人眼窝里打转，感叹说，"真是好人多啊！"桌子上早已摆好了文房四宝，两个姑娘面对面站着拉住宣纸的四角，只待阮文龙落笔。阮文龙蘸饱墨汁，凝视了一会纸张，然后奋笔疾书，一挥而就。他嘱咐两个姑娘要待墨汁干后再无偿赠送给老人。

2018 年，阮文龙在中国美院高研部结业作品展

2018 年春节，中国美院高研部在张东华老师的带领下去西双版纳写生

2019 年，中国美院高研部书法一班学员在天台山采风

阮文龙在工作室作画

2016年，中国美院高研部首届写意花鸟画研修班在班主任孙文文、班长阮文龙带领下，全班学员在绍兴第三十二届兰亭书法节活动中留影

2020年，在孙文文老师的带领下到泰山牡丹园写生

有个 40 多岁的妇女挤上前来，讲话时气喘吁吁，还有些结巴。阮文龙听明白了，原来她和老公长期在这里打工，用赚到的钱在老家盖起了新房，想求幅字挂到新房讨个彩头。他偏着脸想了一会，然后大笔一挥，写下"春华秋实"四个大字，自然也是无偿赠送。

一直忙到晚上 11 点，阮文龙才和其他书画家一起离开了广场。

阮文龙一边走一边低头沉思：基层百姓对书画那么渴求，那么喜欢，我一定要加倍努力练好书法，画好国画，把最好的作品送给那些残疾的兄弟姐妹，还有打工者和其他群众……

# 三

人在生活中得到的启示会成为一种追求不止的动力。

人一旦认准了一个理儿，就会焕发出攻坚克难的力量。

阮文龙心里老想着提高书画艺术水平，老想着到什么地方去充电，想通过书画培训达到不断进步的目标。他在网上看到清华大学举办首期油画创作高研班的消息，心里一动，双眼放出惊喜的光，嘴里喃喃自语：这是一个好机会，我要去参加。当他的目光落在办公桌右上角的一份工作报表时，心里又七上八下地犹豫起来：我这领头人走了，公司的工作会不会瘫痪？舞龙靠龙头，没了龙头龙怎么舞啊？思前想后，最后还是参加国内一流大学的培训的念头占了上风。咋办？我要的是两全其美呀！

终于想出办法来了，这是个绝妙的主意：星期一至星期五到清华大学上培训课，星期五晚上回到杭州，双休日到公司里加班，解决疑难问题，并安排下周的工作。

公司的员工也理解阮总的心愿，都表示：不管阮总在不在公司，我们都照样会好好工作，保证完成公司的工作任务。

　　炎炎夏日，酷热的阳光将大地烤得火烫，连室内也变成了蒸笼一般。难熬的暑热，难挡的强光。阮文龙就在杭州最热的日子里乘上去北京的火车。走进名扬天下的清华大学，阮文龙不免有些欣喜，似乎觉得身体都轻飘起来。

　　报到，交费。班主任郭老师是个和蔼的人，将资料、课程表发给阮文龙后说道："这期高研班边上课学理论，边实践搞创作，力求理

2019 年 7 月，阮文龙与中国美院副院长沈浩在书法展上合影留念

2019 年 10 月，与著名油画家秦大虎老师（中）、马娟锦女士（右）合影留念

2019 年，中国美院书法高研班参观亚龙艺术园，并在孔子雕像前合影留念

论上有收获，创作上有提高。我是这期高研班的班主任，你们有什么要求都可以跟我提出来。"

"以前我学油画，期待通过这次培训，在绘画艺术方面有所突破。"阮文龙轻声回应。

"好，明天第一堂课就是画人体，模特儿站在教室中央，大家对着模特儿画。老师会对每个同学的画作提出修改意见。"郭老师认真地回答。

阮文龙的嘴角噙着笑，其他同学也都脸含笑意。

当天，阮文龙与一个来自黑龙江的名叫丁树学的同学，住进了一家价格较为便宜的小宾馆，然后，又去老街上买来一辆旧电动车作为交通工具。晚上，两个同学相互作了介绍，又说些各自家乡的见闻，谈吐甚为投机。真是：同为追求艺术人，相聚一室似亲人。

阮文龙信心满怀，并自勉道：新的开始，新的希望，新的追求，让我变成一条鼓满风的帆船，向前航行吧。

第二天凌晨，阮文龙过早地醒过来，最早出现在脑海中的意识是：今天是第一课，得早点到教室。于是他便轻轻地叫醒了丁树学。两位学子果然最早坐在了教室里。

郭老师是扛着一幅人物肖像油画进教室的，然后把它摆放在了黑板前面。油画像是磁铁，紧紧地吸住了阮文龙的全部视线。画面上是一个手捧瓷器的年轻姑娘，别提画得有多美啦！

郭老师讲课直奔主题，没有半点拖泥带水，仿佛分分秒秒都要把他拥有的知识传授给这些招来不易的学生们："中国的油画发展史，从接受西方文化到创造具有自己民族特色的油画体系，时间并不算太长。我不想过多地讲解我国油画的变迁，而是想注重从实践的角度来提升同学们观赏和创作油画的水准。比如，同学们现在看到的这幅人物肖像油画，我们怎样来欣赏和理解呢？肖像画是一个舶来词，但肖像画在中国有悠久的历史。肖像画并非是简单的对物体的直观反映，而应视为一种艺术家与绘画主题相遇的情景和事件，并通过观者的反应共同建构所蕴含着的意识和思想……"

阮文龙一边听讲一边记录着，直到今天课堂上要画的模特儿走进教室，他还在细细体会老师的话。

在教室里画模特儿的经历，阮文龙早在美院油画班时就有过，似乎有驾轻就熟之感。他经过一番仔细观察，就胸有成竹地下笔了。当他画完之后，有的同学才刚刚下笔哩。

郭老师自然而然地踱到阮文龙身边，仔细端详着画面，说："你画得快，说明你曾经有过比较好的基本功训练，有一定的功底。画模特儿是不可缺少的磨炼，是画家的一种生活方式，是画家在眼前的现实中捕捉生动形象的一种手段。这次培训就要锻炼你们具备这种能力。快、狠、稳是每个学员应该做到的，将眼和手的功夫结合在一起，快速地体现出来。阮文龙，你是快的，但你还得与你画的对象擦出心灵的火花，在这方面你还要下大功夫。"

下课之后，阮文龙在回宾馆的路上，还在想郭老师刚才的那番话，想着自己应该怎样才能擦出心灵的火花。

阮文龙回到墙面斑驳、结构陈旧的建于20世纪80年代的小宾馆，同室而住的丁树学也相继归来，他们都将旧电动车推进室内，随手给车充电。

晚饭后两人也没有外出逛逛，早早地上床睡觉，以便明天早些起来去上课。两人闲谈了一阵，慢慢地进入了梦乡。

砰！砰！声若惊雷，又如同战争片中的炮弹爆炸。

阮文龙惊醒了！

丁树学惊醒了！

阮文龙一骨碌跳下床，只见室内烟雾弥漫，火光闪闪，脑子里倏地跳出三个字：着火了！

刺鼻的烟雾中，凭借火光的忽闪，看见丁树学惊惶地站立着，不知所措地喊出声："着火啦！"

烟雾越来越浓，呛得人喉咙都像冒烟似的，呼吸也越来越急促，憋闷得快要昏厥过去。求生的欲望、求生的念头，占据了阮文龙大脑的全部空间。

浓烟滚滚，臭气浓浓，快要将阮文龙击倒了。他踉跄了一步，赶快扶着床沿站起来。人在烟雾中难辨东南西北是很正常的。丁树学已经处在失去方向感的危险之中，不知房间的门在何方。

阮文龙也被烟气熏得满眼都是泪水，连眼睛也睁不开，即使睁开也是白搭，因为什么都看不见。然而他从扶着床沿的感觉中，判断出房门的方位，就不顾一切地向门的方向移动过去。

双脚磕在发烫的物件上，阮文龙一个趔趄，跌倒了，双手撑在冒火冒烟的电动车上，马上想到这是那辆买来的破电动车，一定是这辆破车充电爆炸，引起了火灾。

这一刻，他的脑子完全清醒了，对房间内的格局也清晰起来。于是他绕开倒地的电动车，终于摸索到了房门，打开了门锁。

阮文龙和浓烟一起冲出房门，伛着身子剧烈咳嗽起来。惊魂甫定，他贪婪地吸着没有烟雾的空气。于是，他对着走廊就喊叫了起来："救火啊！救命啊……"可是他的喉咙像被棉絮塞住似的，喊声十分微弱，以致周围无甚反应。

"救命"两字一出口，阮文龙马上意识到：丁树学还在房间里，说不定已被烟火熏倒了。

周围无人听到阮文龙喊救命，也许只有他自己听得到。他的脑海中闪过"自救"二字，于是他又返身冲入火光熊熊的房间里，凭借着火的光亮找到了处于半昏迷半跌倒状态的丁树学，并赶快把丁树学架在自己的肩膀上，又拖又拉地将他沉重的身体拽到了走廊上……

紧接着，是一场救火灭火的战斗……

一场大火烧得阮文龙只剩下一条短裤。手机烧掉了，带来的钱烧掉了，行李箱烧掉了，只是腿上脚上多了一些燎泡……

阮文龙、丁树学和同住一个宾馆的学员都聚集在小宾馆的客厅里。有的拿来衣服，有的拿来裤子，给阮文龙和丁树学穿上。小宾馆的女老板打电话叫来一辆浅绿色的出租车，把半夜里突遭火灾袭击而惊魂不定、呼吸急促的阮文龙、丁树学送到北京军区总医院烧伤科去治疗。

阮文龙躺在洁白的病床上，两条腿包扎着白色的松软的纱布，眼光直直地盯着头上的天花板，这时他的脑子才像发动了的机器似的急速地运转起来：住院了，身上又不名一文，看样子得马上打电话给妻子陈忠娣，让她带钱来北京。这样想着，他想起温厚而善良的妻子。但他又担心她得到这一凶讯后着急，暗暗拿定主意，给妻子打电话时说到火灾和烧伤要轻描淡写一些，免得她急躁和担忧。

阮文龙向浙江老乡陆生妹借来了手机，拨通了妻子陈忠娣的手机号。于是，一段缩短杭州和北京遥远距离的亲切对话开始了：

"文龙，你这么早给我打电话，有什么要紧的事吗？难道你在北京不顺利吗？"妻子的声音是讶异和关切的，透着莫名的不安。

阮文龙转头一看病房的玻璃窗，透着白蒙蒙的曙光，才意识到此时是晨光初露的凌晨，便极力压低了声音对妻子陈忠娣说："我这里出了点小事故，你多带点钱马上来北京……"接着，便告诉了她此刻自己住的医院病房。

在美院书法高研部学习书法

"你怎么啦？你病了？怎么住院啦？"妻子陈忠娣还是十分吃惊，一连串的追问，语气是火急火燎的。

"你别着急，我没啥大不了的，你来了就知道。我要是出大问题，还能这么冷静地跟你说话吗？"阮文龙虽然极力掩饰，可言语之间仍有心有余悸的慌乱之感。

"好，我照你说的马上就来。"妻子陈忠娣停顿了一下，还是有些不放心，补充说，"你是我家的大树，你这棵大树不能倒，你在外一定要小心、细心，保护好自己……"

听了妻子的这番话，一股幸福的暖流顿时涌上了阮文龙的心头，好像有一朵充满霞光的云彩笼罩着他。

夫妻天天生活在一起，似乎会感到平淡乏味。然而，在远离家乡独自住在北京的一间病房里时，听到妻子一句句暖心的话，犹如春天的太阳照耀着全身，心里感到十分地温暖，一夜无眠的阮文龙终于拖着疲惫的身心进入了梦乡……

第二天，北京市肢残人协会主席刘京生得知阮文龙出事后，协同夫人一起到医院看望了他。身在异乡，住院了第一时间有人来看望，他既激动又感动。

黄昏时，妻子陈忠娣和女儿阮少红来到阮文龙的病房。

妻子陈忠娣一看见阮文龙的腿脚上全包着纱布，顿时眼睛睁得圆溜溜的，满脸都浮出担心、慌乱的表情，连声地问："文龙，文龙，你怎么啦？你怎么会这样？"

阮文龙看到妻子脸上露出的焦急表情，赶忙安慰道："不要紧的，只是脚上有几个燎泡，医生说很快就会好的。"

"你不是来学习的吗，怎么会躺在这里？" 此时，妻子陈忠娣的心里简直就像一团乱麻，她站也不是，坐也不是。

看着满脸忧愁、含着泪水的妻子，阮文龙心想："我不能再瞒着她了。"于是，就示意她在病床旁边的木凳子上坐下，然后一五一十地将整个经过告诉了她。

还没待他说完，妻子陈忠娣忙摇手说："你别说了，好好把身体养好，好早日回家，公司里也有不少事情等着你哩。"

"公司里有哪些事？"

"我也不说了，免得你牵挂。"

晚上，妻子陈忠娣在阮文龙的床边挨着过了一夜，陪他聊天说话，倒水吃药，擦洗身子……忽然，远在绍兴老家的外甥女佳惠也来到了阮文龙的身边，看望舅舅。住院 10 多天后，她们推着轮椅乘火车返回杭州。

# 四

一场突发的火灾，烧掉阮文龙继续学习和培训的决心了吗？

回答是斩钉截铁的：没有！

一场飞来横祸，打消了阮文龙不断提高书画水准的信心和念想了吗？

回答同样是毫不含糊的：没有！

行动是一个人所思所想的最好的注释。

2015 年 6 月，中国美院高研部梁小均老师在艺术中心为阮文龙题写"文心雕龙"并合影留念

行迹是一个人心迹的最有力的体现和具象。

从北京回杭后，阮文龙一如既往地追求着他的书画艺术梦想。他不顾繁忙的工作，并挤出时间参加了各种类别的书画研修班。

一期期的培训班叠加成一级级阶梯，阮文龙一步一步登上书画艺术的新境界。2015 年 9 月，他进入了中国美院书法进修班学习。

每天清早赶到培训班听课，阮文龙总是觉得早晨的阳光特别明媚；如果遇到下雨天，他就会感到自己走进水墨画的意境里。

听课时，阮文龙感到有一股清泉流进心田，灌浇着艺术之芽迅速成长。听书法造诣极高的梁小钧博士讲课，他就有一种如饮清泉的感受。

梁老师说："书法是不可以自学的，要有传承，有继承才有创新，今天我就给大家讲讲如何继承传统。"

阮文龙赶紧翻开笔记本，凝神细听，快速记录："我国的书法传统有着悠久的历史，是经典而优秀的。'二王'帖派的书法传统已延续了一千多年，此前有殷商甲骨文，两周金文，两汉隶书、简牍、帛书传统，有南北朝碑刻传统，清代初期还兴起了碑派传统，到清末民初则产生了碑帖结合的传统。这些传统不仅书体多样、形式异彩纷呈，而且蕴含着极为深厚多样的艺术精神。"

听到这里，阮文龙不禁在心里感叹：在我们这个文明古国，书法艺术源远流长，流派多种多样，书艺精湛，名家辈出，真是繁星闪闪，美不胜收。他赶快收住思维的缰绳，继续恭听着，记录着："民国晚期的书法家将帖派和碑派的传统结合起来，其书法的形式有了创新，技术的难度和审美的深度都出现了十分可喜的景象，这不光是简单的圆笔、方笔、颤笔等的技巧运用，而是在理念和形式上突破了一千多年来的传统观念。这种碑帖结合之路在保留帖派书法的刚健、质朴之美的同时，转向了古雅、厚重、沉雄之美，生发出崭新的艺术精神和艺术形式……"

下课之后，阮文龙还在想应该如何将学到的理论与书法实践结合起来。下午，学员在课堂上练习书法，梁老师逐个指导。当梁老师指点完他后，阮文龙深感受益匪浅。

参加何水法的花鸟画培训班，阮文龙更是心中澎湃，有时深夜还在看何水法的画作，有时跟他去太子湾、花港公园写生，甚至还远至山东的牡丹之乡菏泽画牡丹。

去菏泽的路上，何水法说："写生是非常重要的，是走向社会生活，将眼前的实物及时地用画笔

2015 年，阮文龙与何水法老师在浙江省政协十一届二次会议上合影

2015 年夏，阮文龙与何水法老师在西湖边曲院风荷写生

展现出来。这是收集素材的最好的手段，也是检验画家在最短的时间里通过最有效的方法把它呈现出来的能力，涉及构图、运笔、技法，比临摹更能锻炼人。"

　　进了牡丹园，到处翠叶摇曳，满眼姹紫嫣红，真是如入仙境，美不胜收。阮文龙边走边看，感到自己如同走进幼儿园，眼前是一张张红润稚嫩而又各不相同的脸蛋。他分明感到自己不是在赏花，而是在满目鲜丽多彩的花丛中捕捉生动的形象。阮文龙瞥见不少学员已经抓住对象开始画了，自己也很快凭着艺术知觉捕捉到了对象，也开始边观察边作画了。

　　不知什么时候，何水法悄无声息地来到他的身后，仔细看他画牡丹，然后慢声慢语地说："写生最基本的元素是线条，你的线条要再硬点，紧点，变化多点，墨色再丰富些。"

　　阮文龙赶紧收住笔，细细地品味着老师的这番话，并想着该如何再作些修改。

　　这时何水法俯下身子，接过阮文龙手中的画笔，缓声说："你画的线条要这样改。"说着就娴熟地在画纸上挥洒起来，接着又说："文龙，要多画。"

　　阮文龙望着何水法那温厚而又充满期望的眼神，看着他那花白的胡子，一种敬意油然而生。

　　回到杭州之后，阮文龙痔疮发作，不得不中断秋季培训班的学业，住进了医院。他动手术后，还惦念着学画，这时何师母给他打来电话安抚道："你这次就安心养病吧，下次再来学不用交费了哦。"

　　出院之后，阮文龙继续参加何水法花鸟画培训班。

　　培训和学习，像春风吹开阮文龙笔下的花卉。

　　学习和培训，使阮文龙提高了技艺，回去后再培养其他的残疾人。

　　阮文龙心中有梦：让亚龙艺术培训基地大楼成为培训残疾人艺术的花圃。

*2017 年 7 月，杭州民进开明画院挂牌仪式后与领导、艺术家们合影留念*

# 五

2017 年 7 月 6 日上午，民进杭州市委会在杭州图书馆举办杭州民进开明画院挂牌仪式暨会庆 65 周年美术展。市领导出席，谢双成致辞。

杭州民进开明画院前身为杭州民进书画院，成立于 1994 年，由赵朴初先生题写院名。书画院成立 23 年以来，始终牢记民进创始人马叙伦主席"只有跟着共产党走，才是在正道上行"的政治嘱托，认真贯彻落实党的文艺方针政策，履行参政党职能，开展文化惠民服务，取得了良好社会效果。

根据民进中央要求，秉承"开来而继往，明道不计功"的开明精神，经民进杭州市委会研究决定，将画院更名为"杭州民进开明画院"，同时组建新一届领导机构，阮文龙当选为画院副院长。揭牌后的杭州民进开明画院将紧紧围绕市委、市政府建设文化名城、文化强市战略

杭州开明画院成员在鄂豫皖苏区首府革命博物馆参观并合影留念

目标，用笔墨书写杭州城市历史记忆，展现杭州文化内涵，歌颂杭州人民干在实处、走在前列、勇立潮头的时代精神和与时俱进的开拓精神，为打造独特韵味别样精彩世界名城汇聚更强力量。美术展则以"凝心聚力建名城"为主题，有许多名家作品参展，阮文龙的雕塑作品也进行了参展。

2016 年 4 月 21 日，杭州民进开明画院走进大别山区文化艺术交流

2017 年 6 月 14 日，与堂兄阮文夫（右三）、於汉章（右五）、馆长汪蔚（左三）及工作人员在鄂豫皖苏区首府革命博物馆阮文龙制作的雕塑前合影

2018 年 4 月 21 日，在大别山捐赠李德生雕像

2017 年 6 月，阮文龙在洛阳白马寺前留影

在杭州开明画院大别山创作基地留影

　　2018 年 4 月 16 日，杭州民进开明画院在阮文龙的策划下与河南省新县文联举办书画联展及采风活动。他带领大家从杭州出发，乘坐高铁到麻城，转大巴车到新县，参与了杭州民进开明画院大别山写生创作基地挂牌仪式，画院与新县文联联展开幕式及笔会，并颁发收藏、展览证书，还参观了鄂豫皖苏区首府革命博物馆，许世友将军、李德

在大别山新县考察时与当地领导合影留念

生将军、郑维山将军故居等，走访了红军家庭，寻找革命足迹，并捐赠了李德生铜像。艺术家们在大别山写生、创作及拍摄作品，并相互交流。

同时，他们还在大别山干部学院学习，聆听大别山红色革命事迹，在新县美术馆举行了书画作品展并颁发了展览证书。组织艺术家到大别山进行书画联展采风活动可以促进文化艺术交流，不仅能领略革命老区的自然风光，又能体会革命先辈的家乡人民的淳朴，而且符合习总书记所提出的"绿水青山就是金山银山"理念。

阮文龙心里也是这么想的："我们是艺术家，我们要走好我们这代人的艺术长征路，所以我们这次走进大别山寻找属于我们的'金山银山'，感受先辈们的长征路。也把我们的文化艺术带进大别山革命老区，为两地文化交流搭建舞台。"

阮文龙此前已经多次到过新县。2017年6月12日，应远在河南洛阳经商的堂兄阮文夫邀请，阮文龙来到了十三朝古都洛阳。在堂兄及朋友的陪同下，阮文龙一行参观了龙门石窟、白马寺、洛阳博物馆，还到孟津县参观了明清著名书画家王铎故里，品尝了洛阳特色小吃羊肉汤、洛阳水席等，感叹古都洛阳河洛

阮文龙与堂兄阮文夫（右一）、画友刘利然在洛阳合影留念

文化的辉煌，中国历史文化的博大精深。

在这期间，他还结识了一位在河南发展的杭州萧山籍企业家——现河南省浙江商会常务副会长於汉章，阮文龙与他交流了在河南发展事业的感受及心得，心情特别舒畅。他们高兴地相邀，两天后去红色革命圣地，原鄂豫皖苏维埃首府所在地，位于大别山区的新县，一起参观考察，领略大别山的风光和当地的风土人情。他们对大别山区人民在抗日战争和解放战争时期为中华人民共和国的成立作出的巨大贡献表示敬佩，并参观了阮文龙公司制作的大型雕塑墙"大别山 394 位将帅"，感到非常震撼。

2019 年 1 月 11 日，杭州市上城区文学艺术界联合会正式成立，阮文龙成为委员。为繁荣上城区文化事业，深挖上城区美术底蕴，上城区美术家协会在区委宣传部、区文联的具体指导下开始正式组建。

杭州市上城区文学艺术界联合会成立暨
第一次代表大会上与肖斌主席合影留念

同年 12 月 20 日下午，上城区美术家协会成立大会在中国美术学院会议室隆重举行，这也是上城区的一件大事。

浙江省美协副主席池沙鸿、杭州市美协主席张子翔、区主管领导、美院领导、教授，以及上城区 180 多名美术家，其中包括由阮文龙直接推荐的陈伟、周国桢等 20 多位美术家参加了成立大会。

上城区文联主席肖斌与中国美院教授韩璐，为上城区美术家协会揭牌。韩璐担任第一届主席，阮

2019年12月19日，杭州市上城区美术家协会第一届理事会合影，中国美院博士生导师韩璐教授担任主席，阮文龙等担任副主席

文龙等人为副主席。

2021年9月13日下午，阮文龙应邀参加了上城区召开的思想理论和文艺工作座谈会。深入学习贯彻习近平总书记关于社会主义文化建设的重要论述和对浙江、杭州的重要指示精神，认真落实省委、市委的决策部署，推动上城区文化建设迈上新台阶、创造新辉煌，为高水平打造"一区四中心"、奋力当好高质量发展建设共同富裕示范区排头兵作出了新的贡献。同时还以推进"宋韵文化传承展示中心"建设为主题进行了交流发言。

2021年9月23日下午，上城区庆祝"9·26工匠日"主题活动暨2021年"上城工匠"认定发布会在上城区行政中心举行。匠心筑梦新上城，共同富裕新征程。区领导出席发布会。全区各部门、各街道主要负责人，各街道、园区、小镇、系统（局）、直属企业工会干部、劳模工匠、机关干部和职工代表等近400人参加了活动。

为进一步传承和弘扬工匠精神，2021年6月以来，上城区总工会

2015年2月15日，原浙江省文化厅厅长杨建新等到文化艺术园参观、考察

紧扣上城发展，聚焦工匠品质，经过基层推荐、专家评审、认定领导小组评定、社会公示等程序，最终评选出10名"上城工匠"和5名提名奖获得者。阮文龙获得了"上城工匠"称号，由区委领导颁奖。会上，这些获奖者纷纷展示了自身职业技能和专长，用自己的作品诠释了执着专注、精益求精、一丝不苟、追求卓越的工匠精神。

阮文龙获得2021年"上城工匠"称号

　　在阮文龙的熏陶下，他的一双儿女在文化艺术上也有了他们自己的成绩。儿子阮少军在父亲的介绍下结识了林家乐老师，从此每天晚上他们就在一起研究、练习书法，有时都忘了时间，一直练到凌晨。

　　2018年，阮少军进入中国美院研修班学习书法，在美院学习了3

2021 年 9 月，杭州市上城民进开明画院成立书画展上，在阮少军书法作品前合影

年，其间还认识了年轻的书法、篆刻博士杨牧原老师，在杨老师班里，阮少军的书法和篆刻水平都得到了进一步的提高。与此同时，他还得到了张爱国教授的指点，跟着张教授进行了学习。

2020 年，阮少军当选为杭州民进美术支部副主任；2021 年，担任杭州民进画院画师，加入了杭州市书法家协会。

他还和父亲阮文龙一样热心公益事业，经常做社会公益。比如：做公益爱心老师，发挥自己的特长，把自己学到的东西毫无保留地教给自己的学员；参加凝心聚力建

2017 年 6 月 26 日，阮文龙父子参加杭州民进凝心聚力建名城"同心服务基地"授牌暨多媒体设备捐赠仪式

名城，民进杭州市委会"同心服务基地"授牌暨多媒体设备捐赠仪式，并向学校捐赠物资；逢年过节，他都会参加街道、社区迎新公益活动，给居民们送祝福、写春联。

阮文龙的女儿阮少红今年刚进入大学，女儿在书画方面很有天赋，可能继承了阮文龙书画艺术的强大基因。从来没有握过毛笔、学过画画的女儿，暑假的时候在关攀登老师画室学习了20天的绘画，她的作品惟妙惟肖，经常得到老师和同学的赞扬。除了画画，她还学了书法、篆刻，多件作品都得到专业老师的赞赏。

阮少红的中国画作品

小女阮少红

2022 年 7 月，阮文龙在自己创办的文化陈列馆前留影

第三章

艺术，不因残缺而美

# 一

这是一片神圣而奇特的土地，嵌入了中国现代史。

这是中华民族扬眉吐气的地方，在中国的抗日战争史上，写下光辉而自豪的篇章。

这里是杭州富阳受降镇（今富阳区银湖街道），中国人民经过艰苦卓绝的抗日战争之后，以胜利者的姿态在此接受日本侵略者的投降。

这一历史性的伟大影响，已永久定格在抗日战争纪念馆里。

日月穿梭，时序转换，到了 2011 年 10 月 10 日，在受降镇上宋街 191 号一幢瑰丽而庄重的建筑前面，乐声动听，红旗迎风招展，一辆又一辆小轿车驶到这里停下，一批又一批的人来到这里集结。从屋顶垂挂下来的一幅幅红色条幅，增添了喜庆而庄重的气氛。在微风中徐徐飘动的条幅仿佛在诉说：祝贺是热烈似火的，欢庆是发自内心的。

紫红色横幅上"热烈欢迎参加中国肢残人协会文化艺术创业培训基地揭碑仪式"的大字告诉人们，这幢由阮文龙建造的大楼迎来了历史性的时刻，正式成为全国肢残人的艺术摇篮。这是他的初心所在，更是这位残疾人为广大残疾人奉献的精神写照。

阮文龙有志于此久矣。他在创业有成之后，就萌发出要尽自己最

2013 年 9 月 16 日，阮文龙在北京人民大会堂参加第六次中残联全国代表大会

大的能力，去帮助更多残疾人兄弟姐妹的念头，帮助他们学习技艺，走上脱贫之路。他曾经出资为宁夏的残疾人建造住房，为四川泸州县的残疾人捐资建房，向残疾人家赠送电器……

如今，阮文龙历尽千辛万苦建起的亚龙艺术培训基地，巍然矗立在富阳受降镇。他心想，这幢建筑物不仅是自己创业路上的一个路标，而且应该成为广大残疾人通过创业而脱贫的路标。

在阅读报纸时，阮文龙为著名企业家马化腾的话叫好："一次又一次参与慈善活动，真的会被感动，让人不由自主参与进去，希望企业的社会责任与公益相互融合，让公益成为一种态度，一种习惯，一种生活方式。"

还有著名武打影星、壹基金的创立者李连杰也说得极为大气、颇有人性美："我们有一个共同的称呼叫人类，我们住的地球就是我们的家，每个人为家里做一点，我相信家里是会更好，公益是要唤起更多人一起参与。"

这些成功人士讲得太好了。阮文龙心里像燃着一盆火，火苗中响起"毕毕剥剥"的声响，仿佛在说："我是肢残人，天下残疾人是一家，可这个残疾人之家还有很多人生活在贫困线之下，让这个家里所有的人都过得好，是我的一份担当、一份责任。"

于是，他向杭州市残联和省残联袒露胸臆，打算在亚龙艺术培训基地大楼中拿出 2500 平方米，用作残疾人创业和艺术培训基地。

省、市残联的领导体恤阮文龙的拳拳之心，于是向中国残联打了报告，经中国残联批准并发了文件，中国肢残人协会文化艺术创业培训基地花落亚龙艺术培训基地。恰逢全国残疾人运动会在杭州召开，举行这场揭碑仪式也正逢其时。

*2010 年 10 月 10 日，中国肢残人协会文化艺术创业培训基地揭幕*

　　金色的阳光下，大楼左侧的雕塑群像闪闪烁烁，轻风在绿树间窸窣作响。参加中国肢残人协会文化艺术创业培训基地揭牌仪式的人们已聚集在大楼前面，或三三两两交谈，或在观看姿态各异的雕像。与别的仪式不同的是，人群中有人坐着轮椅，有人拄着拐杖。连铺着红地毯的主席台上，那些来自各个部门的领导人中，也有坐轮椅，拄双拐或单拐者。

　　人们不由感叹，这个仪式是肢残人的节日，是受到社会各方关注的特别的仪式。不论是残疾人还是健全人，都为此由衷地发出了善良的微笑。

　　为揭牌仪式忙碌了几天的阮文龙，此时正站在主席台一隅，与工作人员作简单明了的交谈。各方面领导人都已到齐，让他感到非常欣慰。那么多残疾人也克服种种困难赶来了，他将喜悦和热情送给他们，不时地向早已熟稔的残疾人朋友挥手致意。

2016 年 4 月 29 日，上海市政协书画院来艺术园进行书画交流、笔会活动

2018 年，阮文龙父子与时任杭州市人民政府副市长、民进浙江省委会副主委谢双成在
艺术园合影

2018 年，浙江省政协诗书画之友社文化下基层笔会活动

揭牌仪式正式开始了，人们的目光全都集中到主席台上。中肢协时任副主席杜仲庄重地宣读中国残联关于中肢协创立文化艺术创业培训基地的文件。

话音刚落，即刻响起了雷鸣般的掌声，有的残疾人则用拐杖敲击着地面，以此来表示他们此时喜悦的心情。

接着，中肢协时任主席徐凤建缓步走到扩音器前，他用目光向在场的那些坐在轮椅上的人扫视了一下，然后便开始了讲话："今天是一个高兴的日子，也是值得我们大家庆幸的日子，亚龙艺术培训基地的成立必将给广大追求艺术道路的残疾人朋友带来福祉……"

因为徐凤建主席知道，那些学书法、学绘画的残疾人都是凭着超人的意志和毅力在摸索的，如今有了这么好的培训场地和条件，这对他们来说，无疑是一股强大的助力，就像行船中吹来一股强健的顺帆风。他对阮文龙为全国残疾人提供了如此规模的场地，创造了这么优良的培训机会，感到由衷地赞赏，并希望他再接再厉，将培训工作做得更好，达到高质量、高水平。

当徐凤建再三提到阮文龙时，场上的目光自然落到了并不显眼的阮文龙身上。但阮文龙脸上此时的表情却十分淡定和从容，似乎在说：今天的揭牌仪式不过是个开头，做好以后的培训工作，那才是长期而又艰巨的任务。

接下来的几位领导讲话，都从不同角度对阮文龙帮助残疾人公益事业表示赞赏和支持。中国美院副院长高法根当场表示，将根据需要派出老师前来帮助搞培训。杭州残联的杨广发也表示会全力协助阮文龙的工作，并将推广阮文龙的做法。

接着，阮文龙微跛着来到扩音器前站定，用略带上虞口音的普通话说：

2021 年 12 月 1 日，杭州市上城区文联领导参观文化艺术园

亚龙艺术园陈列室

2022年6月，亚龙艺术园全景照

亚龙艺术园内局部照

"我身后的艺术培训基地大楼，是靠党和政府的关怀，靠各级残联的帮助，才建立起来的。我建这座大楼的初心就是要为广大的残疾人提供培训的场地，让残疾人从这里出发，走向脱贫之路。

"因为我自己就是通过一次次培训才走上创业之路的。我想，热爱书画艺术的残疾人朋友，通过专业的培训，也许能复制我走过的路。我一个残疾人好了不算好，让所有的残疾人都能脱贫了，那才是真正的好，这是我的初心。

"今天中肢协和各地肢协的领导亲临揭牌仪式，这是为实现我的初心迈出的坚强有力的第一步。今后我会更加努力，与大家携手共进，为残疾人事业作出更多的贡献。我要把这个创业培训基地办成残疾人自己的家，办成艺术之家，办成残疾人致富的家。在这个大家庭里，身体残缺的人将会插上奔小康的翅膀，将会探索出更完美的艺术之路。"

阮文龙这番发自肺腑的讲话，赢得了在场所有人的热烈掌声。

最后，在欢快而节奏感强烈的乐曲声中，中肢协主席徐凤建和杭州残联的杨广发一起，揭开了牌匾上的红色绒布。

在这难忘的时刻，揭开的是残疾人艺术培训的里程碑，揭开的是阮文龙为残疾人脱贫而献身的决心。

# 二

一辆黑色轿车沿着狭窄的山间公路蜿蜒前行，车速并不快，仿佛是进山来自驾游似的。这里是浙南丽水的高山峻岭，离傲立天外的有江浙第一高峰之称的凤阳山不远。忽然，正在行驶着的这辆轿车，在路边的一处平地上停了下来，车门开处，走出来的是阮文龙。

因为近段时间来，阮文龙发现来他培训基地的浙南的残疾人极少，所以，他这次是有意来浙南联系残联，想联络这里的残疾人。加上他早就知道丽水山峰峻奇、森林茂密，所以心向往之。

此刻，他放眼望去，但见山势错落，幻化出千姿百态的山体，漫山的松林青翠欲滴，在蓝天下显得分外明丽。山道旁、山谷中不时燃着一丛丛红色，那可能是枫树，也可能是野花。

回首看盘旋的山间公路，峰回路转，处处都像抖开一幅幅织锦，斑斓多姿，变幻无穷。眺望前方，仿佛山谷间处处都有令人眼花缭乱的瑰丽色彩，都有令人目不暇接的绰约风姿，让人恍如置身在一个绿色的梦幻世界。

当地残联的人曾向阮文龙介绍，这一带残疾人有的还从未出过深山冷坞。一想到此，阮文龙又上车向前行驶了一段 S 形的山间公路。他发现此地视野开阔，浓重的绿色树荫之间出现了乌瓦粉墙的山里人家，仿佛是遗世孑立的桃花源。于是，他就选择在此处停留下来进行写生，极目眺望曲曲弯弯的山廓线，或交错，或重叠，或平行，山体的色彩由近及远，从翠绿变成暗绿直至暗蓝。行至不远处，见一条窄小而湍急的小溪上架着两块石板，通向了前面的小山村。

眼前的这番大自然美景，像一块磁铁一般深深地吸引着他。他想，能在这里写生也是千载难逢的好机会，接着，便在一旁支起了画夹，开始边欣赏边画画，不亦乐乎。

阮文龙选择的这个景点，画油画极有特色。喧哗的山涧在此形成了一个盆形的水潭，水面蓝黝黝的，像是镶嵌在山下的一块蓝玻璃。幽蓝的水色在天地和群山之间蒙上了一层神秘的色彩。

潭边有一棵需五六个人才能合抱起来的大樟树，树根入潭，潭水舐树，而离水潭不远处，又有几处翠竹鸟舍，仿佛经过了印象派画家的处理，画意盎然，情景交融。

大樟树影入潭底，潭水荡漾着山影树影，让阮文龙感受到有一种融洽而又恬静的东西在天地之间支撑着。眼前天、树、山、潭构成的这幅画面是那么的和谐，互相融合的水光山色是那么的恒久。

一个山村大婶到水潭里挑水浇菜地，打破了阮文龙眼前的寂静。见此情景，阮文龙顿时感到这幅画活起来了，应该将这位大婶也画入画中，于是他向大婶慢慢地移动过去。因为这里没有路，他是踩着大小不等的鹅卵石前行的。

不一会儿，大婶发现了逐渐向她靠近的阮文龙，便直起腰打量起这位陌生的不速之客。当他们相距只有七八步时，便开始了对话。

阮文龙笑吟吟地说：“大婶，我是从杭州到这里来的，这里的风景真美呀！”

大婶感到非常好奇，眼睛眯成一条缝笑道：“你从那么远的地方跑到我们大山里来，是不是来看亲戚呀？”

阮文龙上前一步，缓声说：“我是来看残疾人的，也是来写生的。哦，你不知道写生是什么，简单地说就是画画。”

“画画？我的女儿也是残疾人，喜欢画画，你能不能教教她啊？”

“我正要找像你女儿这样喜欢艺术的残疾人，那么现在就去看看你女儿和她的画，然后再跟她说说。”

“那太好了，我们这里是深山，找不到教画的老师呀。今天碰到你这个杭州贵人，算是我女儿的造化了。”

“好吧，你带路，现在就过去。”阮文龙转念间又问，“我那些画画的工具放在那边没事吧？”

“我们山里人心眼好着呢，没事的。”大婶兴高采烈地扔下农具在前边带路。

转过一个青青的竹园，便是大婶的家。门口，一群鸡正在啄食，发出咯咯的叫声。一条黄狗趴在地上，看见阮文龙便蹿跳起来，狂叫不止。阮文龙迟疑地收住脚步，大婶见状赶忙回头对着黄狗骂了几句，黄狗立时低头萎脑地不再声张。

这是一幢三层楼的农舍，在二楼延伸出了一个小平台，晾着衣服。微风从大山深处吹来，拂过小平台，衣服顽皮地飘动着。阮文龙斜睨了一眼趴在一旁的黄狗，就跟随大婶进了堂屋。进门后，让他感到十分触目的是一个年轻而端庄的姑娘坐在轮椅上，瞥了一眼陌生而走路略为跛脚的阮文龙，立即羞赧地低下了头。

据了解，一个没有见过世面的山里姑娘，见到陌生男子，大都是这种情状。而阮文龙则不然，一见到残疾人，心里就会涌起一股同病相怜、互相亲近的喷泉。他赶紧上前来到轮椅旁边，用满含同情的口吻问道："你也是残疾人？脚不能走路？"

姑娘点了点头，脸往下埋，几乎看不见她的眼睛鼻子了。

阮文龙俯下身关切地询问道："出了什么事，你的双脚是怎么残的？"

此时，大婶泡了一杯热腾腾的茶出来，赶忙接住话茬说："我的女儿本来如同阳春三月的桃树一样，可那天到小平台上晾衣服，刚挂好的衣服就被一阵怪风刮飞了，她就伸手去接飘飞的衣服，结果一脚踩空，就从小平台上掉下来，落在水泥地上。她还想用劲爬起来，谁知怎么使力也坐不起来，过了一会儿就昏过去了。我赶快去叫她的哥哥，哥哥一看妹妹双眼紧闭，嘴吐白沫，脸无血色，当即就设法将她送到最近的医院。医院检查后，说是脊梁骨断了。"

"断了？能不能治疗好啊？"

"医生说是脊椎粉碎性骨折，弄得不好两条腿都要废了。真是晴天一个霹雳，好端端一个漂亮的女儿，怎么说残疾就残疾了呢？她还没有恋爱结婚生子呀，后半辈子的日子怎么过呀……"

听得出，姑娘已经在低声咽泣。阮文龙也感到眼睛有些潮润了起来。

阮文龙也是一个从苦难中站起来的人，很快控制住了悲伤的情绪。他心想，既然苦痛和不幸已降临到这个姑娘头上，害怕和软弱都是无济于事的，得想办法让她在精神上站起来，做个坚强的女性，让噩运变成宝藏。于是，他转过脸问大婶："你女儿读过书吗？喜欢做些什么？"

大婶偏过脸，沉吟着说："我女儿读小学时就爱画画。"

"让我看看她的画。"

"跟我来。"

阮文龙跟随大婶走进女儿的房间，只见墙上挂着"年年有鱼"之类的年画，小方桌上不规则地摆着几张用铅笔画的鱼、鸡、鸭之类的画，还有一张才画了一半的那条狗。

阮文龙俯身细察，逐幅都仔细地看了一遍。然后，他抬起头对大婶说："你女儿有画画基础，我看这样，让她到我所在的肢残人协会文化艺术创业培训基地来参加培训，这样可以提高她的画画水平，或许还可以改变她的命运轨迹。"

"我们是山里人，听不懂你说的。"大婶一脸的茫然。

在堂屋外面的女儿，听到了房间里的这一对话，便将轮椅摇到房门口，睁着一双明亮而充满希冀的眼睛，回应说："妈妈，我听明白了，就是叫我去他那里学习画画，会越画越好的。"

"对了，这个培训基地上个月才正式成立，是中国肢残人协会批准并设立的。"阮文龙这才看清了姑娘端丽的脸庞，有板有眼地解释道。

"妈，我要去！"姑娘大声嚷着。

"你要去，我不拦你，可你坐轮椅怎么去啊？"大婶脸上笼着一层淡淡的愁雾。

"妈，我一定要去，只要你们把我送到丽水长途汽车站就可以了，我一个人也敢去。"姑娘的眼睛里燃着勇敢和坚强，声调也是斩钉截铁的。

"那好，让哥哥把你送上汽车。"大婶释然于怀。

"我把手机号留给你们，哪一天乘坐哪班车过来，打电话告诉我，我会开车到汽车站来接你的。"阮文龙当即表态，随即就写下了自己的手机号和名字，当然，他也记住了姑娘的名字——张海晶。

人在逆境时更应坚强不屈，更要焕发无限的勇气。顺境和富足容易使人蜕变成安于现状的懦夫，而困厄和逆境在勇敢者眼里却会变成走向成功的阶梯。

阮文龙回到杭州后的第六天，正在培训基地向老师们了解学员的情况，忽然手机响了。一听，传来了既颤动又结巴的嗓音，脑子里便跳出在丽水山区遇到过的张海晶。

"你是丽水山区的张海晶吧？"

"阮老师，是我，我想明天就来杭州。我头一次出远门，既兴奋，又有些怕。"

"不用怕，你把车次和到杭州汽车站的时间发短信给我，我来接你。"

"太好了，我妈妈也会放心的。"

把一个坐轮椅的残疾人抬上车，凭一人之力还不行，得找个帮手。阮文龙当下把这一情况告诉自己公司的办公室主任，汪主任立即自告奋勇地表示愿意一同去接人。

阮文龙随即叫来培训基地的女老师，说有个新来培训的学员想安插到她任教的班里。

"她的画画基础怎么样？半路插班能跟上培训的进度吗？"女老师关切地询问道。

"她没有受过任何正规的画画培训，只是喜欢画而已。那只有请你耐心教，让她慢慢学。更重要的是，你要安排好学员的生活，照顾她的饮食起居，因为她虽然年轻，却是个坐轮椅的。"阮文龙轻声说着，委婉中却带有明确的要求。

"我明白了，我会落实好座位、床位和帮助她的学员。"女老师是颖悟的，一说就通。

接下来，更棘手的是要解决好张海晶的生活费。虽说培训是免费的，但伙食费得自己掏钱。她是个大山里生、大山里长的姑娘，家里又不是很富裕，所带的钱肯定不会太多，短时期内自己可接济她，但培训时间肯定会比较漫长，得另想办法来帮助她。

于是，阮文龙的脑海里就像过电影似的，闪过一个个自己熟悉的人影。终于，有一个人影定格在他的眼前。对了，现在就给他打电话，这个曾来参加培训基地揭碑仪式的富阳的残疾人企业家。

手机接通了，还是对方先发声音："阮总，你找我？"

"我找你，想请你出点力。"阮文龙走到窗口，瞅着路上的车流，说道。

"阮总，你是我们残疾人的榜样，我也在追随你的脚步，你有话尽管说好了。"对方也是个爽快人，语调中满溢着诚恳。接着，阮文龙就把张海晶的情况介绍了一下，然后说："我到过张海晶家里，大山深处的山里姑娘，家境并不宽裕，你能不能帮助承担一下张海晶在培训期间的伙食费？"

"我一个月出 2000 元，可以吧？"对方一锤定音。

"好的，做慈善的人有好报。"

电话两头的人都爽声大笑了起来。

第二天傍晚，阮文龙驾车在夕阳的金色斜晖中飞驰，逐渐靠近车水马龙、人声鼎沸的长途汽车站。停好车后，阮文龙就和初次出门的张海晶通了话，告诉她下车时要求得乘务员的帮助，不要急，不要怕，他已经到汽车站了，会在出口处等她的。张海晶在电话里嗯嗯连声，说不上别的话，只是在心里涌动着感激的潮水。

出口处是人流的源头，黑压压的一大片。阮文龙在茫茫人群中寻找着那辆轮椅，直到最后才看见轮椅缓缓而至。阮文龙和女主任赶紧迎上去，像接到亲人似的分别握住了张海晶的手。聋哑人用手语交流思想感情，而阮文龙和女主任用手的温度与张海晶作了交流。

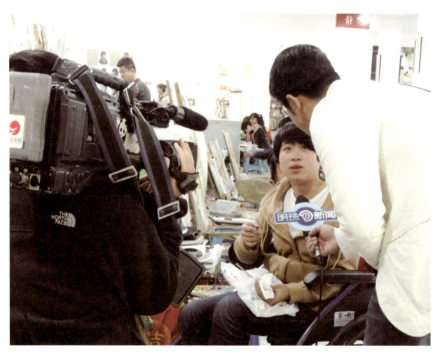

张海晶在画室接受新闻媒体采访

阮文龙让女主任将轮椅推到对面一个可以短暂停车的转弯处，自己则去停车场把车开了过来。

二人将张海晶抬上了车，由女主任全力扶住她。

再把轮椅扛上后备厢，横放着才盖住了。

终于启动上了小汽车，缓缓地行进在宽阔平整的大街上。此时，华灯初放，街灯唰地亮了起来，一片辉煌。

"哇！我这是在做梦吧？"张海晶不由得兴奋了起来。

梦，似梦非梦。

一个山娃子第一次进入高楼耸天、光怪陆离、繁华热闹的大都市，确乎有做梦的感觉。

一个只读过初中的山娃子突然进入窗明桌净、教学规范的培训基地，真的有做梦的感觉。

然而，张海晶很快就感觉到，这一切不是梦，是真实存在着的。

生活的戏剧性变化使张海晶意识到，自己多难的命运又进入多梦的时期。青春的风帆又鼓动了起来，理想的梦又在风帆上闪烁。苦难的风吹不翻人生之舟，因为意志的桅杆始终挺立在天地之间。

张海晶心里明白得很，遇到这么热心的阮老师真是天赐良机，一定要抓住这个培训机会，好好学，好好画，或许生活道路会发生一些变化，或许命运之舟会驶入佳境。她像山石一样踏踏实实，像山泉一样善思善学，像石缝中的青松一样努力吸收水分、养分。连培训班的老师也强烈地感觉到，张海晶十分用功，画画水平进步极大。

残疾人搞艺术培训，是艺术大花园中的一朵奇葩，当即就引起了新闻媒体的关注。有一次，东方电视台前来培训基地采访，采访对象中有张海晶。首先被采访的对象自然是阮文龙。

在摄像机镜头前，面对着时尚而秀气的女主持人，阮文龙颇有感慨地说道：

"我建造这座大楼，当时困难重重，打地基，设管道，每一个项目、每一个环节我都得付出很多。但我心里有个愿望，那就是我的初心，要造一幢大楼为广大残疾人做公益。从大楼建成到成为残疾人的培训基地，经过一个漫长的过程后终于实现了。

"一个残疾人要做好一件事，做一件为残疾人办实事的事，需要坚强的意志，并经过岁月的磨砺才能实现。现在看到有这么多残疾人在这里接受培训，我感到一个人付出之后的价值，不仅心里是美滋滋的，而且对社会也是一种回报。

"古话说，授人以鱼，不如授人以渔。帮助其他残疾人自立，我个人认为，在生活中遇到不幸的残疾人，没有比让他们学习书画技艺更好的办法，因为当他们在一心钻研这门技艺时，人生的船已不知不觉越过了重重危难。一旦学好技艺，就会在生活中自立，并进一步自强起来。"

当记者采访张海晶时，她的脸顿时红得像三月的桃花，心脏怦怦直跳，手也不知道往哪里放。

过了一会儿，她才渐渐平静了下来，说话也开始利落了起来：

"我是一个山村妹子，第一次到杭州，第一次参加培训，第一次对着镜头说话。这么多的第一次，首先要感谢阮老师的热情帮助。我当时致残，就像被当头打了一闷棍，脑子里昏昏沉沉的，四周一片乌云，感到生活对我来说已经没有了希望。

"到了培训基地之后，与这么多残疾的兄弟姐妹在一起，感到残疾人周围也有快乐的阳光，前面也有路可以让我们走。在这里还让我懂得，致残了如果只是害怕，只是着急，那只能算是软弱，患难才是坚强之母，能孕育出精神的力量。我特别珍惜这次培训的机会，我特别用心学画。

"我常常在心里对自己说：你残疾了，不要苦恼，因为残疾失去的东西，可以通过学画、掌握一门技艺把它补回来。记者老师，你们可以看看我现在的画。如果我的爸妈在电视里看到我，看到我的画，我想，他们也一定会非常高兴的。"

正说着的张海晶，此时的眼睛潮润了，便伸出右手去抹泪水。

三天后，张海晶接到母亲打来的电话："海晶吗？你爸和我在电视里看到你了，我们都高兴得心花怒放了。"

"妈，你在电视上看到我了，这真是太开心了。妈，你们放心好了，我在这里学画画，好着呢。"张海晶笑得像一朵绽放的茶花。

"还有，村里人也看到你了，都说海晶大难之后自有后福。"

"妈妈，现在我已经从残疾的阴影中走出来了，我会坚强，我会坚持，我会争取获得好的结果。"张海晶挂了电话后，心里充满着一股力量。

培训基地是一个大花园，学员们尽管有肢体的残缺，犹如花花草草缺茎少叶一般，但他们拥有一颗追求艺术美的心，有着比一般人更加勤奋刻苦的精神，因此，所开出的艺术之花必定是美的，那是一种完整的美。张海晶便是其中的一朵奇葩。上课时老师讲的内容，她会反复体悟，反复背诵。学画更是入神用心，不断地临摹，不断地写生，仿佛生命中只有画，心中只有画。

如今，她满脑子想的只有用心和用功，不能辜负父母的期盼，不能辜负帮助她的所有人，不能辜负那位赞助伙食费的企业家，更不能辜负阮老师的热情鼓励和倾力帮助。

命运之神总是眷顾那些用心的人、用功的人。经过一段时间的培训后，有个屏风厂的厂长前来培训基地招聘屏风设计员，张海晶进入了他的视线。在看了张海晶所临摹和创作的绘画作品之后，她就进入了考察的程序。

"你认为优秀的屏风设计应该是怎样的？"厂长的提问单刀直入。

"一是创意构思独特，突出原创和创新；二是表达清晰，强调对主题的准确无误的表达；三是表现手法新颖，强调艺术效果。"张海晶仰起脸，在记忆里搜索着课堂上老师讲过的内容，又补充说，"总之，屏风设计既要有艺术功能，又要有商品使用功能。"

"屏风既是艺术品，又是商品，作为设计员应该如何使生产方和购买方统筹兼顾起来？"厂长的嘴角边露出了一丝不易察觉的笑意，但还是继续问着她。

"是的，这是非常重要的。如果设计者自视甚高，作品却不符合大众审美的口味，应该是不成功的设计。如果一味地追求个性化，置设计传统于不顾，那肯定不会有好的结果。因此，好的设计应该是把大众熟悉的作品变新鲜，再把新鲜变成顾客所接受的熟悉。设计的新作品既要有创意，又要不失传统；既要富有时代感，又要为顾客所喜闻乐见。"

当厂长把他招聘张海晶的决定告诉阮文龙时，阮文龙高兴得就像自己当年被高等学府录取了一样，紧紧握住厂长的手，说："谢谢你对我们培训基地的支持，谢谢你对残疾人事业的支持。"

培训基地每位残疾学员都有一个既辛酸又励志的故事，张海晶的戏剧性经历只不过是众多故事中的一个。培训基地的每朵艺术新花就像大花园中争艳斗奇的花卉，各有特色，各有神韵，但每朵艺术之花都是用心血和汗水浇灌出来的。肢体虽然残缺，但心灵美投射在画纸上的艺术却是让人赞叹的。

人总是要有精神的，残疾人更需要有坚毅的精神和顽强的斗志，唯有这样才能到达自己理想的彼岸。

有着不断拼搏精神的阮文龙身体力行地向学员们传递着精神的冲击波。

# 三

艺术培训是创业的阶梯，是残疾人脱贫的阶梯，让残疾的兄弟姐妹登上阶梯，取得收获，也是阮文龙孜孜追求的目标。他曾去杭州市工艺美术馆参观过，看见许多工艺美术艺术家和非遗传承人都在那里建立了工作室。由此获得启示的他，思考着自己的培训基地何不为残疾人艺术家建立工作室，让他们大显身手，大干一场，通过创业脱贫致富。

事不宜迟，说干就干。阮文龙在极短的时间内建立起入驻培训基地的十大残疾人工作室。先后入驻的有福良园艺工作室、张华广告设计工作室、渊鹏字画工作室、金贤广告设计工作室、昌正艺术品工作室、胡高明田黄石雕刻工作室、森鑫竹雕工作室、文杰石雕工作室、郑龙华摄影工作室……

残疾人艺术家福良在入驻时与阮文龙曾有一番对话：

"我想听听你对园艺工作的认知和见解。"阮文龙对着福良兴致勃勃地问道。

"园艺对美化人类的生活和改造人类生存环境有着重要的意义。"福良环顾着自己的工作室，井井有条地回答着。

"能说具体一点吗？"

"园艺有助于调剂现代人的精神生活，鲜花的芳香使人赏心悦目，情志畅快；庭园里种植的花卉盆景，可以增加生活情趣，种花做盆景

2014 年，十家残疾人工作室作品展示活动

对人来说既能锻炼身体，又能增加艺术修养。有些老年人在家种花做盆景，给生活增添了乐趣，精神上也有了寄托和慰藉。"

"说得不错。"阮文龙点头肯定，补充说，"福良，我给你一次实践的机会和赚钱的机会，我揽到一个中医院门口做巨石上刻医院名称的业务，那就你去做吧。"

"太谢谢你了。"福良握住阮文龙的手。

福良立时画设计草图，画了一张又一张，心里说，我是残疾人，肢体残疾，但心不残疾，我的作品更要追求完美，让医院方面满意。

第二天，福良就驱车几百里，来到一个山峦重叠、溪水潺潺的偏僻之地，然后弃车缘溪而行，寻找理想的巨石。他一边走，一边寻找从山上冲下来的大石块。

福良有个不同于常人的理念：不去购买人造巨石做标牌，而要向大自然索取。从大自然中找来的巨石，有自然的气息，有生命的气息，让救死扶伤的中医院充满生命的力量。他走了整整一天，终于找到了园艺工作者眼中理想的巨石。

当晚福良投宿农家乐，次日雇来十几个农民把巨石抬上租来的运输汽车。做完了这一切，福良累得腰都弯了，但是他却感到非常欣慰。

这是福良园艺工作室完成的第一个项目，堪称完美。

这是福良园艺工作室创收的第一笔财富，为今后创业打下了基础。

不久，阮文龙获悉这一项目获得了中医院上下的一致好评，感到非常欣慰。

说起胡高明石雕工作室的建立，还有一个阮文龙闯深山、顾茅庐的故事。阮文龙从临安残联处获悉，胡高明也是腿脚残疾，挂着单拐生活在临安和安徽交界的深山里，原来靠做裁缝为生，随着农村生活水平的提高，请裁缝做衣服的事儿逐渐式微，因而生活难以为继。

然而，残疾的是腿脚，他双手特别灵巧，便自学做起了石雕，先是从山溪里找些美石来刻，随后专刻田黄石，竟无师自通，技艺日益精湛，几年下来，竟成了一名远近闻名的田黄石雕刻师。

阮文龙心想：何不把胡高明请到创业培训基地来，让他在更好的环境下专事田黄石雕刻，以便创业创收？然而，阮文龙仅知道胡高明是临安岛石镇大山川村下川人，没有别的联系方式。这使阮文龙为难了一阵，随后下定决心，驱车进山去找，一定要把胡高明请出山来。为了让残疾人脱离贫困

胡高明工作室玉石雕刻作品

之境，给残疾的兄弟姐妹创造更多的就业创收机会，阮文龙不惜千里迢迢驾着小车去寻访。

汽车开始是在高速公路上顺利前进，可进入临安西部摩天插云的群山之中后，只得在简易的农村公路上边问路边前行。路上铺的是细沙，路边的山上都是黑压压的松林，夹杂着不少高大的古树，透出些许大山里的野趣。枝杈间偶尔有各种鸟鸣，给人一种清幽的感觉。

阮文龙不知开了多久的车，遥见远方有个乌瓦粉墙的村落，便想进村打听一下。正在此时，一个头上扎着蓝色头巾的妇女背着一捆木材从山路上下来，阮文龙便停下了车，等候着向那个妇女问路。

"大嫂，我向你打听一下：大山川村在哪里？"阮文龙有礼貌地问。

"前面那个村就是。"她用手指着，语音显然是当地的方言。

"谢谢。"阮文龙慢慢地驶了一段路，见山溪环绕的村庄入口处架着石板桥，担心汽车不好过石桥，就当即停车步行前往。路上石子多，使他跛态尽显。

此时，肩上背柴的大嫂已赶了上来，见状就问："你的腿脚也跛？"

阮文龙侧脸诚实地回答："小时候得过小儿麻痹症。"

大嫂感叹着说："我家那口子也是小儿麻痹症留下的后遗症，走路得拄单拐。家里的重活累活，上山砍柴，都得由我担当。"

阮文龙立时想起雕刻田黄石的胡高明也拄单拐，便问道："我向你打听一个人，就是会刻石头的胡高明。"

大嫂突然提高嗓音，兴奋地回答道："你来找胡高明，就是我家那口子。你从哪里来的？为啥来找他？"

阮文龙就把来龙去脉和自己的想法说了一遍。

大嫂突然跨大脚步，惊奇地说："你原来是我家的客人，快跟我来。"

进了大门，胡高明正在窗下雕刻，听妻子一通快人快语，忙移步上前，握住了阮文龙的手，赶忙说："你是贵客、稀客，快坐。"接着，就对着妻子说："快泡茶，煮两个糖氽蛋。"

两人开始了单刀直入的对话。

"你从事田黄石雕刻有几年了？"阮文龙问。

"我从小酷爱工艺美术作品，对玉石雕刻情有独钟，2003年发现离我村不远的山坡上有田黄石，我就学习玉石雕刻，为了提高自己的技艺，我曾参加过雕刻培训，还拜了师傅。我不断琢磨，因材施艺，以色取巧，和谐自然，浑然一体，特别擅长浮雕。因为我的作品题材广泛，构思新颖，逐渐获得好评，前些年还评上了浙江省玉石雕刻师。"胡高明如数家珍，娓娓道来。

阮文龙国画作品

阮文龙在篆书作品《心经》前留影

阮文龙国画作品

绍兴安昌写生作品

中国画寿桃作品

阮文龙在作品前留影

三台山写生作品

在绍兴安昌古镇水墨写生

"听说你的作品还得了奖，是吗？"

"是的，有一些荣誉。2010年第六届国石展我获了银奖。2011年第七届国石展又得了银奖，后来还连续得过几次银奖。"

"好好，"阮文龙笑起来，"我想请你出山，让你来搞个工作室，和许多残疾人艺术家一起创业。"

"好，那太好了。"

就这样，几天之后，胡高明乘汽车来到杭州汽车西站。早已候在出口处的阮文龙迎上前去，微笑着将胡高明引导到自己的小汽车旁边，打开了车门，扶着他坐进了车里。接着，阮文龙就将他随身携带的行李、工具和拐杖统统放进了后备厢。一个多小时后，胡高明便坐在了培训基地中自己的工作室里。

十大残疾人工作室各有特色，十大残疾人艺术家各有专长。

竹雕工作室的残疾人艺术家方森鑫说："大自然赋予竹子以生命，经过雕刻之后更有了永久的艺术生命。我从事竹刻已多年，从中真正体会到人生的价值，正在实现以残缺的生命创造完美的人生的理想。在创作过程中，也创造了荣誉。我的竹雕代表作《兰亭集序》荣获中国人文旅游纪念品设计大赛金奖、杭州市优秀旅游纪念品金奖，并正式获得民间艺术家的称号。我在方寸之间刻山水、人物、楼阁、鸟兽，

110

刀法日趋精巧，布局渐至新颖。如今，在条件如此好的工作室里，我要创作出更好、更美、更多的艺术品，丰富人民的文化生活。"

石雕工作室的残疾人雕刻家姚文杰，则专门从事园林、公园、绿地、广场、车站、庭院等场地的大型石雕设计。他的工作室拥有各类景观石、观赏石、园林石、风景石、刻字石、风水石等。

他经常叨念的一句话是："山中有石则奇，水中有石则清，家中有石则安，园中有石则幽，书房有石则雅，身上有石则贵。"

这个"石痴"打算一辈子将各类石头赋予生命，让自己的生命长存于艺术石刻之中。

摄影艺术工作室的残疾人摄影家郑龙华是中国摄影家协会会员，头上已拥有杭州市劳动模范、临安市十佳优秀人才等头衔。他已有1000多幅摄影作品在报刊上发表，获奖也颇丰，作品《明天更美好》获《中国摄影报》金奖，《假日里》则在香港的摄影大赛中获得金奖……这位无手摄影家被媒体誉为"无手摄影家，神州第一人"。

看着肢残人学员在培训基地创作了美不胜收的书画作品，看着十大工作室的残疾人艺术家硕果累累，阮文龙心里不由得慨叹：培训基地是残疾人创作作品、创造财富的园地，是酷爱艺术的残疾人大展宏图的竞技场。大家尽可以在这里施展才华，奋力拼搏，直至取得最后的成功，而一切成功皆属于孜孜不倦、执着追求的前行者。

满满当当的艺术成果，触动着阮文龙进一步的思考：我应该把创造和市场结合起来，应该把艺术成果和人民的文化需求结合起来。接下来，我应该去大胆尝试残疾人书画、文化创意产品等方面的销售活动，举办"残疾人艺术家书画进万家"的活动……

第四章

情系残疾人

# 一

  十月的阳光，和煦而灿烂，普照着亚龙文化艺术培训基地的大厦。大教室里依墙而挂的"杭州市首届残疾人工艺美术培训班开业典礼"的大红横幅耀人眼目。因这一届的学员全是聋哑人，阮文龙早就邀请聋哑学校的老师来做手语翻译。阮文龙讲一句，手语老师就准确无误地做同步翻译，手指灵巧得像采茶的茶姑之手，一会儿似同鸡嘴啄米，一会儿如同双鸟对啄，真是一个别开生面的开业仪式。

  阮文龙面对年轻而认真的聋哑学员，沉稳而清晰地告诉大家："这一届培训班由杭州市残联举办，由亚龙文化艺术培训基地承办，为期20天。"说完便停顿一会儿，让手语老师有充裕的时间做手势。

  "培训的内容：素描、陶瓷。素描是美术培训的基础，陶瓷制作是学员们主要的培训课目。"阮文龙又作长时间的停顿，双眼觑着手语老师的双手。

  接着介绍授课老师，阮文龙指着身边一位戴眼镜的年轻人说："他叫卢家华，是中国美院的博士生。卢家华老师在2002年获得硕士学位后，曾在我创办的亚龙雕塑艺术公司搞过雕塑设计，既有理论知识，又有实践经验，这次办班特邀他前来为大家授课。"阮文龙意识到自己讲话太长了，就赶快煞住，并示意手语老师翻译。

从聋哑学员脸上微笑的表情看来，他们非常喜欢和尊重这位老师。

阮文龙又介绍一位身材颀长的中年人说道："他叫邱松妙，是一位油画家，请邱老师来担任色彩老师。"接着，阮文龙将培训班的工作人员也一一作了介绍。

开业典礼的时间极短，不到半个小时就结束了，随后便紧锣密鼓地按照早已排好的课程表开始上课。

上午最后一节课结束后，学员们三三两两地下了楼，边走边比画着手语，大概是在交流听课的体会，抑或是在议论上课的内容。他们进了食堂用餐，有的在耐心地排队点买菜肴，有的则欢快地用筷子敲击着盘子。

此时，阮文龙却独自走进上课的大教室，准备将课桌椅排列得整齐些，以便下午学员进课堂时有整齐舒适感。可是他很快就发现临窗的座位上还坐着一个女学员，她仿佛不知道已经下课了。

阮文龙放慢脚步朝她走过去，可女学员似乎没有察觉到似的，仍然用画笔在画纸上涂着油彩。阮文龙只得在她旁边坐下，拿过一支笔在一张已画过的画纸反面写了起来。可是，女学员仿佛没有发现似的，仍自顾自涂画着。

"你好，现在已经是下课后的用餐时间，你得去吃饭啊。"阮文龙将写好字的画纸移到女学员眼皮底下，用这种方式与她笔谈。这也是他与聋哑学员交流沟通的唯一方式。

女学员见了，这才瞥了阮文龙一眼，见是培训主任来了，忙红着脸站起来，脸颊上染满了青春的红霞。

阮文龙忙用手势示意她坐下。女学员便在阮文龙的文字下写道："我是来自农村的聋哑人，我想比同学多花些时间勤学苦练。"阮文龙像打扑克接龙似的，又在其下面写道："你的想法很好，但饭还是要吃的，快去吃吧。"接着，他又写道："你来自哪里？"

"我家住临安岛石镇东亭村，那一带盛产山核桃，我家的收入就靠山核桃。"女学员作了自我介绍，并写下自己的名字："吴春兰。"

"你学习用功刻苦，有一股拼搏劲儿，以后再作交流，现在我命令你去吃饭。"阮文龙怜爱地看了吴春兰一眼，再三催她去吃饭。

吴春兰姗姗地走了，走到教室门口时，还回首感激地瞅了一眼阮文龙。

几天后的下午是陶瓷课。阮文龙来到大教室里，将打开的玻璃窗关好，以免外面马路上的噪声传进教室里。不一会儿，一位年轻帅气的教师将教学用的陶泥端进大教室里，并向阮文龙投以会意的微笑。

第一个学员出现在大教室门口，阮文龙一眼就认出，她正是那个最后一个离开大教室的吴春兰。阮文龙心里咯噔一震：吴春兰下课离座最迟，上课又来得最早，肯定是个求知欲望非常强烈、拼搏精神高涨的学员，对这样的学员要多关照、多爱护、多鼓励。阮文龙这样想着，向靠近窗口坐着的吴春兰走了过去。

一段短时间的笔谈随之开始。

"你去得迟、来得早，看得出你非常勤奋。"阮文龙提笔不假思索地写道。

"我是笨鸟先飞，因为我非常珍惜这次培训机会。"吴春兰红着脸儿回复道。

"勤奋不是一时的冲动，而需要有百折不挠的顽强精神，这样才能在培训中有所收获。"

"阮老师，我会照你的话做的，我有这个决心。"吴春兰一边写一边颔首。

培训班聋人陶泥作品

"对，不要虚掷光阴，不要无端地消耗生命，残疾人要比健全人多付百倍的努力，才能获得生活的厚爱。"阮文龙把这些曾经激励过自己的话，当即写下来送给了吴春兰。

这时，学员们已陆续走进了大教室。阮文龙一看上课时间快到了，就悄然地离开了。

陶瓷课结束了，阮文龙发现留在教室里的最后一个人依然是吴春兰。阮文龙走过去一看，见吴春兰正在修改用陶泥做成的心形的笔筒泥坯。

阮文龙见吴春兰制作的笔筒造型奇特，工艺细巧，不免有些欣喜，于是又写道："你的笔筒是爱心形状的，不同于一般圆形的笔筒，这有什么寓意，可以告诉我吗？"

"我是聋哑人，生活在无声世界里。可我做的笔筒是有声音的，那就是心跳的声音。"吴春兰不像前两次笔谈那么拘泥，而是开朗多了，随手写来也颇有意思。

"能说得具体一点吗？"

"我们残疾人受到社会的关爱，受到老师和学员的爱护，我想用心形的笔筒来传达对社会、对老师关爱的感激，传达学员之间互相友爱的精神，同时也表达我爱国家、爱人民、爱老师和爱学员的情怀。"

"说得好，我们残疾人的内心世界也是很丰富的，对生活有美好的憧憬，回报社会的愿望也非常强烈。"

"对，阮老师说得对。我心里有个小小的秘密想对阮老师说，行不？"

"行，你大胆地说，需要我帮助的事，尽管说。"

"我想把这心形笔筒烧制好之后，送给阮老师，你对我太关心了，我以此表示感谢。"

"送给我？可以啊，我再把它转送给有关老师。我还希望残联多组织这样的培训班。"

"那太好了，下次如果残联再办培训班，阮老师跟他们说说，再让我来参加培训。"

"你求知欲望很强烈，我会帮你说的。"

"谢谢你，那我还要把心形笔筒再仔细地加工一下，然后刻上梅兰菊竹图案，以表明我们残疾人一年四季心里都是满满的爱，永不消失的爱。"

阮文龙从大教室里走出来，趄向学员宿舍，正好在走廊里遇到了陶艺课的任课老师，她是一位剪着齐耳短发的女老师，接着，两人便攀谈了起来。

阮文龙微笑着问："培训班学员都是聋哑人，学员们学习陶艺的总体感觉如何？需要强化些什么？"

女老师略一思索，缓缓地说："所有学员的作品我都看了，还与他们分别作了沟通和交流。我感觉到聋哑人学员虽不会用语言表达，但他们是用心来感知的。"

"说得是啊！"阮文龙忙接着说，"聋哑学员学做陶艺，是将陶艺融合内心世界来做的。比如有个叫吴春兰的学员做了一个心形笔筒，就是用心来表达自己对社会的爱。在这些残疾学员的作品中，能让人感受到他们丰富的内心情感。"

"是的，残疾学员的作品非常耐人寻味，创意新奇，装饰素雅，刻绘也恰到好处。有的学员制壶注重精气神的表达，内涵丰富，制作线条简练，细致而不粗糙。"

"我也看过有一把鸡壶，以公鸡为造型，立体感强，陶泥的颜色也调得十分得当。"

"我准备将残疾学员的陶泥作品烧制出来，让学员们互相评点，取长补短，使大家真正能得以提高。"

"好，你的设想好，烧制过程中有什么困难，你就来找我吧。"

一百多件聋哑学员的陶艺作品烧制出来了，可谓琳琅满目，各具特色，美不胜收。阮文龙浏览着陈放在大教室里拼成三排的长桌上的作品，不免满心喜悦，脸含微笑，并把自己的一个想法告诉了这位女教师："我想为聋哑学员的陶艺作品办一次展览，既邀请艺术家来进行评点，又邀请市民前来参观，从而让聋哑人创作的别具一格的艺术品呈现于世，你看如何？"

女教师满面春风，欢声道："阮总，你来策划这次展览，我积极配合。"

艺术是人类心智的圣果，艺术应该属于广大的民众。聋哑人的艺术也是如此，因为这是他们倾尽心智创作出来的。邀请杭州市民前来参观聋哑学员的艺术成果，这是阮文龙的高明之举，更是对这批特殊学员的拳拳之心，从而让他们拥有成就感。

阮文龙动用了两个大教室，一个大教室四壁有序地挂着学员们的书画作品，另一个大教室则用来展示学员们的陶瓷作品。每幅书画的下面都标有作者姓名和书画题目，陶瓷作品也是如此。学员们在布展时十分开心，经常互相跷起大拇指予以鼓励。他们从未经历过展览，内心洋溢着一种崇高的礼遇感，感到自己是在用艺术向社会发声，与广大人民群众作心灵的交流。

在展览开幕这天，应邀而来的省残联和市残联的领导们兴高采烈，从中国美院和画院赶来的美术专家颇感好奇和新鲜，从各地前来的参观者络绎不绝，对展览作品赞叹不已。阮文龙陪同着相关的领导和专家，穿行在熙熙攘攘的人群里，这里走走，那里看看，心里有说不出的喜悦。这不仅是对聋哑学员们精心创作的作品的认可和褒奖，更是从一个侧面体现了社会各界对残疾人的关爱和支持。

开展时，市残联的领导首先做了热情洋溢的讲话："聋哑人的书画和陶瓷作品，我是第一次参观。刚才仔细看了之后，让我感到非常震惊。残疾人这么有聪明才智，有常人不知的潜能，这个培训班搞得非常好。聋哑人虽然听不到声音，不能用语言直接交流，但他们内心是有智慧的，有温度的。我们市残联今后要多举办这类艺术培训班，让更多的人在艺术的殿堂里感受到美的熏陶，从而使他们的聪明才智得到释放，让社会更加关爱他们……"

有位专家也借此机会讲了话："从聋哑学员的作品中我完全能感受到，这些生活在无声世界里的人，他们的作品是有声音的，好像是从山谷里传来的那种神秘的声音……"

在现场的许多市民，也都边看边啧啧称赞道："这些聋哑人真是聪明啊！"

送走了领导和专家之后，阮文龙独自登上了大楼的顶层，打开玻璃窗，让清风尽情吹拂在自己的脸和胸脯上。凭窗远眺——纵横的大道，车流人流，楼房屋宇，田野绿树，苍苍茫茫，无边无际，组成了一个波翻浪卷的浩荡世界。

在这个世界里，涌动着一种无形的波浪，那就是不论你是健全人还是残疾人，领导还是市民，专家还是学员，相互之间都有一种浓浓的关爱之情，对于残疾人的爱护尤其是这样。

人们爱护着，珍惜着，并且总是希望善良会降临到自己的周围。在残疾人及其周围，感人肺腑的人类善良的暖流，随处都能感受到。

像阮文龙这样有才能的残疾人，本身就是善良的，坦诚的，爽直的。

很快，聋哑学员的工艺美术培训班临近尾声。学员们感到时间过得太快了，仿佛开业和结业之间连得太近了。结业仪式结束之后，在亚龙艺术培训基地宽大的餐厅里，举行了简朴的会餐。辉煌的灯光下，随处晃动着聋哑人激奋的脸。他们热情高涨地打着手语，互诉情怀，畅谈感受。

作为组织者的阮文龙，此时自然也成了最引人注目的人物。席间，人们纷纷前来向他敬酒，这些聋哑人仿佛都有着同样的想法——希望能多举办这样的培训班。其中，吴春兰不肯离去，再三用手语表示，以后如再办培训班，她一定要来参加。

阮文龙通过笔谈告诉她，也告诉所有的聋哑学员："希望大家回去之后仍然要继续学习，在学习中有什么困难，有什么不懂的地方，可以直接打电话给我，也可以到亚龙艺术培训基地来找我。我能解答的立即解答，不能解答的会联系专业老师与你们沟通；如果还有什么困难需要我帮助，我一定会全力以赴。"

他这番发自肺腑的话让吴春兰频频点头，她激动得眼眶也有些湿润了。

在会餐临近尾声时，阮文龙想再对聋哑学员说上几句勉励的话。他拍了几下手，然后用他那洪亮的声音说道："大音乐家贝多芬晚年耳朵聋了，但失聪后的作品更有一种排山倒海的征服人的魅力……所以我认为，聋哑人不应因此而失去信心，反而应信心百倍地去追求，去拼搏，快乐地走向美好的生活，并在生活中找到自己的就业岗位，找到创造财富的机会，脱离困境，成就自己。"

手语老师翻译了阮文龙这一语重心长的话，在场的全体聋哑学员唰地全都站了起来，激动地用自己的双手给阮文龙报以雷鸣般的掌声。

这掌声是聋哑学员对阮文龙的感恩。

这掌声更是聋哑学员进一步追求艺术的心声。

# 二

这一批聋哑学员怀揣着结业证书离开了，阮文龙又接手新的残疾人培训班，他像陀螺似的不停地转着。

生活总是充满着戏剧性，生活中的故事也会不断地发生，或接连发生。

这是第二年的暮秋发生的事情。有些事情的魅力往往超出虚构文学，正如歌德所言："现实比我的天才更富有天才。"

天上的白云像无数绵羊似的随风飘动，秋风送来一阵阵迟桂花的香气。阮文龙想去美术馆看书画展览，去欣赏一下大师级人物的高水平作品。这天晌午，阮文龙穿着深灰色的西装，衣兜里放着手机，向自己的车走去。

秋风乍起，梧桐树的落叶飘飘洒洒，阮文龙逸兴飞动，踏着落叶。突然，一双黑色布鞋向他移了过来，挡住了他的去路。他抬眼一看，见是一个黑发披肩的姑娘，那眉眼似乎有些熟悉。他心里正想着这姑娘有点像聋哑人吴春兰，便停住了脚步。于是，那姑娘便直面着他，眼睛里放射出惊喜、希冀和急切的光彩。

阮文龙亲切地问道："你有点像以前我们培训班里的一个女孩，找我有事吗？"

姑娘做着手语。确是聋哑人。

阮文龙忘掉了要去看展览的事，便示意她跟着他走。到了办公室，阮文龙从办公桌一角的笔筒里拔出一支笔，又拿来一张白纸，示意她将要说的话写下来。

"我就是吴春兰，阮老师没忘记我吧？"吴春兰写下第一行字，还抬眼看看阮文龙脸上的反应。

"哦，吴春兰，我记得。你是特地来找我的吗？"阮文龙一挥而就。

"您还记得我，太高兴了。"吴春兰的眼眶里涌出了激动的泪水。

"要我怎么帮你，照直说吧。"

"在你这里的培训班结业后，我回到聋哑学校，去年毕业后，就回到了老家。"吴春兰停顿了一下，继续往下写道，"我的家是个小山村，除了上山和种地，我所学的都用不上，在农村里确实无法发挥。我心里很苦闷，也很无奈，成天幻想着再去参加培训，然后去报考中国美术学院。"

阮文龙沉思了一会，便俯首写道："你想考中国美院，我支持你，我会联系美术高考培训班，让你参加新的培训。"

吴春兰既激动又兴奋，所写的字也大了一倍："谢谢阮老师，真是好人啊！"

"现在你暂住原先住过的培训学员的宿舍，伙食费由我负责。去新的培训班之后，一切费用也由我来负责。"阮文龙看着吴春兰感激涕零的样子，又写道，"帮助残疾人脱离困境是我情之所系。不过我还想问一句：你到我这里来，父母亲知道吗？"

"知道一点，但并不完全知道我心里的打算，不过我去新的培训班之后，会告诉我父母的，免得他们牵挂。"吴春兰一边写，一边颔首。

阮文龙怀着关爱残疾人的火热心肠，随即用手机联系了一位他熟悉的中国美院的老师，询问美术高考培训班的信息。巧得很，正好有美术高考培训班在招生。

阮文龙毫不犹疑地在网上替吴春兰报了名，并用支付宝替她交了费用。

第二天，阮文龙亲自驾车将吴春兰送进了美术高考培训班，并嘱她好好学，争取以后考出好成绩。

吴春兰不停地点头，上齿咬着下唇，几乎咬出了血痕。

这血痕，是她发自内心的感激。

这血痕，是她下定决心的狠劲。

此后，阮文龙常打电话了解吴春兰的学习状况，对她勉励有加。

一个多月后，有个50多岁的农民出现在阮文龙的办公室门外，在那里探头探脑，用难以听懂的土话打听阮文龙。经人指点，农民出现在门边。阮文龙见他一双眼睛里暗藏着忧虑和胆怯，额头上叠加在一起的皱纹像一条条沟壑。阮文龙便问他是谁，到此有什么事情。

农民闻声呼吸也急促了起来，支吾着说："我找女儿的恩人阮老师。"

阮文龙不免有些讶异，起身问："你女儿是谁呀？"

"我女儿叫吴春兰。"

哦，原来是吴春兰的父亲来了，阮文龙赶忙上前关切地说："你进来说话。"

吴父将一只布袋放在木头沙发上，用手指着说："你帮我的女儿，我没法谢你，只带来些自己种的山核桃。"

"不用送东西，我帮助残疾人是应该的。"阮文龙摆着手说。

"我家是种山核桃的，一年的收入都在山核桃上。我女儿心气高，想考美术学院，可我的家就这么点收入，没法供她读大学。"吴父急头白脸地将来由说了出来。

原来是这样。阮文龙将脸偏向窗外，凝神沉思了一会儿，问："你的意思是怎样的？"

"我想把春兰带回家。谁叫我们是山里人的命呢。"吴父是想透了来的。

听他这么一说，阮文龙心里禁不住一阵抽动。眼看吴春兰在培训班渐入佳境，可父亲因经济困难，要她休学。类似这样情况的残疾人，远不止吴春兰一个，仅凭自己的善举还是解决不了实际问题的。

"我立刻开车把你送到吴春兰所在的培训班，你们父女俩商量一下该怎么办。如果需要我的帮助，我会尽力的。"

吴春兰没想到父亲是来叫他回老家的，只得哭丧着脸，依依不舍地告别了培训班，并洒泪告别了阮文龙。

送别时，阮文龙思考了一会儿，把话写在纸上告诉吴春兰说道："你家的经济状况差些，先要想办法脱贫。要把山区的优势发挥出来，比如在网上卖山核桃、卖笋干等。这样也许你家就会渐渐告别贫困。"

吴春兰似乎明白了，含泪点着头。

吴春兰从阮文龙的视线中消失了，但故事还在延续。


# 三


忙于城雕，忙于培训，忙于有关残疾人问题的调研，连轴转的阮文龙几乎让记忆中的吴春兰逐渐淡出。无影无踪的实有，忽明忽暗的虚无。忽然一个电话，似黑夜中点燃的烛光，又照亮了真真实实的存在，重新唤回了记忆，从模糊到清晰。

现在的广告电话、诈骗电话太多。平时，阮文龙见了手机上显示的陌生号码，一般都会选择不接。可是这个陌生电话的铃声响了一阵后，阮文龙却一改往常的做法，接听了起来。然而，对方在来电中的声音，说的全是当地的土话，不认真听就会搞不懂话中的意思。

一阵折腾之后，阮文龙终于听出来了，打电话的原来是吴春兰的父亲，忙应道："你说吧，慢慢说。"

"我的女儿吴春兰，你帮过她许多忙，我们一直记得你这大恩人。现在我的春兰找了个男朋友，名叫徐汇龙，家在运河旁边的康桥，也是个聋哑人。我有点担心，怕两个聋哑人生出的孩子也会是聋哑孩子，特地打电话询问阮老师，我的担心对不对，有没有道理？"

这是一个应该由生育专家来回答的问题，可阮文龙是搞城雕、搞艺术培训的，从来没有回答过这样的问题。他会鼓励残疾人用画笔去追求艺术的目标，在艺苑里不断地捕捉芬芳，可拿聋哑人的生育问题来向他咨询，这可难倒他了。他该如何回答呢？阮文龙转念一想，我因患小儿麻痹症而跛脚，而我的儿子并不跛脚啊！何况此时的他，也想成全这对聋哑人的姻缘。残疾人生存不容易，找对象结婚更不容易。

于是，他便爽声回答："聋哑人有他们的无声世界，也许聋哑人之间更容易互相沟通，交流也更加顺畅，肯定不会有聋哑人与健全人之间的隔阂，我认为聋哑人与聋哑人结婚不是一件坏事。况且。聋哑人夫妻生出来的不一定就是聋哑小孩。"

"阮老师这样说，我就放心了。"吴春兰父亲吐出一口长气，仿佛一直悬在喉咙口的心回归到了原位。

"那你认了这门婚事啦？"

"认了，我答应这门婚事。"

时隔半年，阮文龙又接到吴春兰父亲打来的电话，说他女儿吴春兰已经结婚，女婿家住在拱墅区康桥街道康泽苑小区，住的是拆迁分配来的新房子，就在运河边上，环境挺优美，希望阮老师能抽时间过来看看，补喝一杯喜酒。

阮文龙不想违拂吴父实实在在的邀请，于是接下这份沉甸甸的心意，答应他会在适当的时候去看望他们。

适值阮文龙成了省政协委员，需要常态化地了解残疾人的生活，以及就业和脱贫等各方面的情况。他把吴春兰夫妇作为自己的一个联系人，经常主动地给吴父打电话。而吴父也想了解有关残疾人的政策，尤其是生活补助方面的信息，也会经常打电话给阮文龙。他们相互之间似乎设立了热线电话，交流不绝。

这是一个使阮文龙心头怦然一动的电话。阮文龙正在办公室里审阅一份亚龙公司的雕塑合同，一页页地仔细翻看着。此时的他，已将全部精力都倾注在批阅和思考当中，世上的一切仿佛都不在他心中存在了，唯有工作和事业在心中放大。斟字酌句，唯恐一点疏漏会影响全局。我方，对方；正面，反面。全都用缜密的思维之梳反复梳理。

有人常用"废寝忘食"来形容有志者对事业的投入和执着，这个成语现在用在阮文龙身上则毫不虚妄。就在审阅结束之时，手机响了，一看就知道是吴春兰父亲打来的。阮文龙以惯有的热诚接通了电话。

"阮老师，今天我来到女儿家里，看到春兰生的大胖儿子，会叫会喊，会哭会笑，正应了你当时给我讲的那句话，聋哑夫妻生出来的不一定就是聋哑小孩。"吴父的情绪有些激动，断断续续地说着。

这时候，阮文龙被这一喜讯所点燃，只觉得生命在萌动，思维在喷涌着五彩的水柱，潜伏在心底的为残疾人而喜悦的意识顿时奔涌起来，竟语无伦次地叫道："太好了，我为你女儿女婿高兴，为你高兴，太高兴啦！"

吴父听见阮文龙如此兴高采烈的声音，趁势就说："阮老师是我们家的大恩人，你一定要到春兰家里来看看，春兰要请你喝杯老酒，高兴的酒，我们全家欢迎你。"

阮文龙喜悦得难以自禁，高声回答："一定来，就在这几天，我安排好工作就来。"

阮文龙曾经探访过不少残疾人，了解他们的疾苦，调研他们的就业，探讨他们如何脱贫致富。他的心里常常储着怅惘，总是想着如何履行好政协委员的职责，为残疾人发声。而这回，聋哑人吴春兰请他去喝的是喜乐的酒。

# 四

初夏是最生机勃勃的季节，到处是深绿浅翠，连空气中也散发着一股淡淡的幽香。

小车与运河若即若离，向北行驶。映在车窗里的依依岸柳，古石拱桥，幢幢新楼，不断地扑入阮文龙的眼帘。小车终于到了康桥，阮文龙似乎感觉到脑子里有着康桥的种种记忆的痕迹。可睁眼环顾，眼前的一切却是那么的陌生而又崭新。进了吴春兰所在的康泽苑，高大的楼房闪烁着阳光的金辉，路边扶疏的花木散发着清芬，不少老人带着小孩在玩耍。

吴春兰一家早在楼下迎候，每个人的脸上都写着热情。这次阮文龙的到来，让这户聋哑人家变得像过节一般喜庆和热闹。

吴春兰剪着短短的头发，抱着牙牙学语的宝贝儿子。阮文龙走到孩子跟前，高兴地说："这孩子好漂亮、好健康啊！"小孩伸出胖胖的小手，喃喃的童语表达着他的高兴。

吴父上前一步告诉阮文龙："这孩子已经会冲口而出喊爸爸妈妈

了。"

阮文龙高兴地将带来的礼物放在条案上，小孩随即去抓一件小巧的物件玩耍，引得大家哄堂大笑。

席间，吴父捧出一缸自制的米酒，不停地劝酒。大家都非常高兴，非常投入，这真是"不是亲人胜似亲人"。平时几乎滴酒不沾的阮文龙，今天却一反常态，开怀喝着带有甜味的米酒。喝着喝着，一股为这户聋哑人家庆幸的暖流在全身流淌，传递着他与残疾人之间的浓浓深情。

面临如此甜蜜、热闹的场景，此时的阮文龙最想知道的是：残疾人家庭是否也能致富？这户聋哑人家靠什么脱离贫困而过上幸福的生活？

饭后，吴父和吴春兰夫妇陪同阮文龙来到康泽苑小区内，走进一家名叫残疾人网购的门店。吴父连忙上前介绍道："女儿女婿在此开了一家农副产品销售店，通过互联网向各地销售临安山核桃、笋干、茶叶等各类农副产品。他们以勤劳肯干和诚实守信赢得了广大客户的信赖，因而收入也相当不错。"

阮文龙笑了，他在心中慨叹："残疾人也可以运用现代科技过上好日子啊！"此时，吴春兰轻敲键盘，在电脑屏幕上发现一宗订单，立即朝丈夫比画着手势。两夫妻头并头凑在一起看了一会儿，用手语简短地交流后，就张罗着准备发货了。

阮文龙见他们快活地忙碌着，就向吴父告辞，向吴春兰夫妇告别。吴父恳切地想挽留阮文龙吃了晚饭再走，阮文龙客气地推却了。因为阮文龙此行不是来吃饭喝酒的，他是来了解残疾人如何脱贫致富的。

阮文龙出了康泽苑，往右一拐，便见杨柳飘曳的大运河。运河在这里拐了个弯，然后不忙不慌地向拱宸桥悠悠流去。运河弯弯，勾起了阮文龙埋在内心深处的一段回忆。

　　1979年春节刚过，17岁的阮文龙跟着邻村的小伙子谢水良到杭州郊区来闯世界。阮文龙补鞋，谢水良箍桶，落脚点就在今天所到达的康桥康泽苑附近的农家，当时租住在一幢青砖灰瓦的低矮的农舍里。

　　清晨，阮文龙带着补鞋的工具，在康桥的巷口发出干涩而沉闷的喊声："补鞋喽——"叫了好一阵子，终于有人拿了旧鞋子来补。一天下来，共有一元多钱的收入。那时的一元钱，能买不少物件，非常经用。为了能多揽一些生意，就不能老停留在一个地点补鞋，于是，阮文龙向康桥四周的农村进发。当地的农民见他自己腿脚不好，还一

2022年6月，回上虞见到43年前同时在杭州创业的谢水良，与他合影留念

跷一跛地四处补鞋，便私下议论他一定是命不好才来吃这碗饭的。阮文龙听到了这样的风言风语，心里非常痛苦。但为了生存，他无可奈何，仍然得靠补鞋来谋生。

有一天，阮文龙见暮霭四起才开始返回，可走到田野里时，四周已是漆黑一片，头顶上像是笼罩着一大群黑乌鸦。举目远眺，发现远方有些许灯光，心想应该向灯光亮着的地方走。过了一会儿，不知怎的，竟走到了铁路边。他便踩着枕木前行，而且还像小孩一样，一边走一边数着枕木的数量，并坚信铁路肯定通向杭州，一定能走回到自己的住处。

突然，身后"呜——"的一声巨响，吓了他一大跳，回首一顾，只见一列黑乎乎的货车风驰电掣而来，距离只有十几步了。他陡然跳起来，就地往下一滚，整个身体滚落在铁路边，还来不及后怕，一列火车已挟风带雷般地呼啸而过。直到火车逐渐远去，他才从地上爬了起来，回想起刚才惊险的一幕，才感到害怕至极了。

生命的浩劫有时发生在一刹那，一发千钧之际会使人一生都难以忘怀，每每回忆起来都会产生梦魇般的惧怕。

这种噩梦般的记忆还不止一次。这一次，也是补鞋误了回归的时间，返回时已是天黑如墨染。当时，阮文龙想，循原路沿运河回去应该是问题不大的。运河静悄悄地躺卧在大地的怀抱里，细浪在岸边发出絮语般的声响。这声音仿佛从脚底传来，从地心深处传来。偶尔发现远处有萤火虫那样微弱的灯光，光线在河水里摇曳成曲线。他凭自己的经验便猜想得出来，那是行驶在运河上的夜航船。

心急赶路的他，偏偏在这个时候碰到了问题，一条连接运河的小河挡住了他前行的道路。阮文龙只得去寻找过小河的石桥，这一来便逼着他走进了附近一片高高低低的坟地里，心里顿时充满了恐惧。

寂静的夜晚，那泛着淡光的墓碑和黑咕隆咚的坟头使他汗毛直耸，吓得连呼吸都屏住了。17 岁的他，此时全部思维只有两个字：快逃！谁知他越想快逃，就越快不起来，因为此时的他，几乎已到了恐惧的极点，他感到自己就像被一个巨大的魔掌攫住了，挣扎着爬起来，却跌倒了，再爬起来，又跌倒了……双脚就像被藤条缠住一般，到最后也不知自己是如何离开这片阴森的坟地的。

接着，在惊慌之中，阮文龙又误入了一片桃林，桃枝上累累垂垂的桃子不断地撞在他的额头上。桃子成熟的馨香沁入心脾，顿时诱发了他的饥饿感。肚子里咕咕的叫声，使他无法自禁地伸手摘下桃子，在衣襟上擦几下，张口就咬，就这样狼吞虎咽地接连吃了五六个，才有了饱腹感。接着，他还摘了几个塞进了衣袋，打算回去给租住一室的谢水良吃。

穿越桃林之后，阮文龙终于找到了小河上架着的一座残缺的石板桥，便慌慌忙忙地过了桥，一路快走，终于回到了那间出租屋。

这个夜晚的路，阮文龙仿佛走了十几年，一路上的坎坷和艰辛，也永远地刻入了他的记忆之中。

若干年后，阮文龙到中国美院学习，那是 1994 年的春天。他利用星期天骑着自行车去康桥，去运河边寻找那间曾经居住过的出租屋，并探望以箍桶为生的患难兄弟谢水良。

经过一番波折，终于找到了那间出租屋。然而，让他感到遗憾的是，那间出租屋在时间和风雨的剥蚀下更加破旧，里面乱七八糟地堆放着一些铁皮、竹篾之类的东西，看得出屋内已经很久无人居住了。经再三打听，那个与他共患难的谢水良，也在很久之前就已经离开这里了。阮文龙访友未见，心里怅然，便拖着疲惫的身子返回学校……

谁知日历翻了好几本，世事变化无穷。已成为省政协委员的阮文龙，应邀特地到康桥来探访一对聋哑夫妇，目睹他们运用互联网经商，一家子过着美滋滋、甜蜜蜜的生活。这正是时代变了，残疾人的命运也随之改变了。

阮文龙忆昔思今，不免心潮澎湃，便走到杨柳拂面的运河畔，任凭运河的风吹拂自己的胸膛。他的思想为之敞亮，终于领悟到残疾人就业创业的哲理性启示。

当年，他与谢水良一个补鞋，一个箍桶，靠传统的手艺赚点小钱，勉强糊口，而最后连饭钱也没有着落。然而，改革开放带来时代的巨变，那些传统的小手艺诸如补鞋、补碗、补雨伞、磨刀剪等，已经被现实生活所淘汰。难怪阮文龙再去康桥看望谢水良时无果而返。这也是随着社会进步，百姓生活发生了巨变所带来的必然。

观照聋哑夫妇吴春兰以互联网经商，销售本地的土特产，收入可观，日子也越过越滋润。这就是一个最好的佐证。

同时，这也说明残疾人的谋生手段和就业创业应该与时俱进，并学习和运用现代科技知识，从而使自己也能在飞速前进的时代列车上，占有一席之地。

生活的道路千条万条，残疾人脱离困境的路也有千条万条。

残疾人和健康人身体条件有差别，但同样可以学习，掌握并运用现代科技使自己富裕起来，奔向小康。

当然，残疾人的贫困状况和脱贫之路有所差异，但大家只要认定追求的目标，迎难而上，奋力拼搏，就会有好的结果。

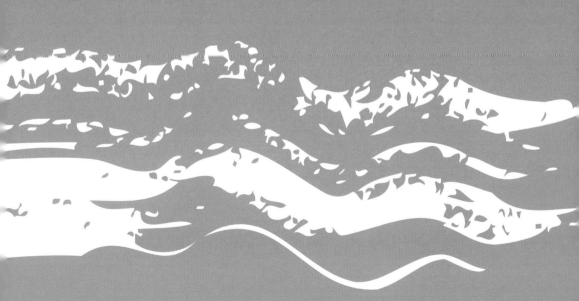

干，
才有故事

第五章

一

　　炎炎夏日，被称为新火炉的杭州，酷暑的热力会让很多人选择在清凉的空调房里躲避高温。而阮文龙却被一种强大的使命感所驱使，边抹着额头上的汗水，边急匆匆地向望江街道办事处走去。

　　在路上，阮文龙回想起一次难忘的会议：2013 年 5 月 7 日，杭州市残疾人联合会第六次代表大会召开，会议上指出要充分发挥政府主导作用，全心全意为广大残疾人谋福祉；要求市残联要不断加强残联自身建设，全面提高服务广大的能力；强调要广泛凝聚社会各方力量，不断夯实残疾人事业发展的社会基础。阮文龙作为主席团副主席、杭州市肢残人协会主席也参加了会议，听后

2013 年 5 月 7 日，阮文龙与时任杭州市副市长戚哮虎在杭州市残疾人联合会第六次代表大会上合影留念

感触很深也很振奋。

来自基层的他，就像孙悟空在天宫逗留一番后重回花果山一样，心里只想回到最基层的街道社区，实实在在地为残疾人搞书画培训，做面对面为残疾人服务的事儿，做最接地气的工作。他已经在心里勾画出一个目标十分明晰的蓝图：在自己所在的上城区望江街道成立一个以公益为目的的文龙助残发展中心，然后去操办和运作街道辖区范围内残疾人的书画培训活动。

当阮文龙将这一构想向街道民政科长、残联理事长周良英和盘托出时，周科长的眼睛一亮，嘴边绽开了一丝笑容，点着头说："我也在思考，如何送文化进万家，你的想法正合我意，我支持你，我们联手干吧。"

听了街道周科长的表态，阮文龙开心地笑道："太好了！我马

在杭州市上城区新工社区举办公益活动

文龙助残公益发展中心新春写春联送祝福活动

上着手了解和统计在本街道居住的书画家、书画爱好者和残疾人的人数。"

"好的，那就辛苦你了。"

接着，周科长又说道："我们是否可以聘请一些书画家来当老师，做辅导培训的工作人员？"

"不用担心聘请不到义务的书画老师。"阮文龙信心满怀地表示道。

"我也是省政协诗书画之友社的成员，经常参加他们的活动，也多次在亚龙艺术培训基地举办过诗书画之友社的笔会，他们曾纷纷对我表示过，愿意做公益事业，为参加培训的残疾人作辅导，你就放心吧。"阮文龙当即以他的坦诚之心，向周科长立下了军令状。

周科长听了阮文龙的表态，非常满意，笑道："阮老师，你真有能量，有担当，那我们就合力先干起来吧。如果碰到什么困难和问题，街道也会出面协调的。"

　　经过一番紧锣密鼓的筹备，2018 年 9 月 18 日就在望江街道正式成立了助残发展中心。书画家老师在会上与参加培训的残疾人济济一堂，杭州民进文化支部的六位书画家在现场和残疾学员一一结对，开始了面对面的辅导。阮文龙与一位有精神障碍的残疾青年结对，促膝交谈良久。

　　望江街道助残中心成立后，仅仅过了一个星期，阮文龙便在在水一方社区的四楼，举办了迎国庆书画活动。

　　那天，在四楼的大活动室里，受邀前来参加活动的书画家老师们精神抖擞、笑容满面；辖区内的残疾人书画爱好者满怀求学的欲望纷至沓来，从而为在水一方社区首次举办的书画培训活动增添了活力。

　　活动开始了。先是书画老师们大显身手，他们凭借自己的绘画专长和特色，在长条形的桌面上舒纸挥墨，或画墨梅，或画兰花，或画喜鹊登枝，各显才艺。虽是学员围观甚众，但老师们仍沉浸在书画的

阮文龙教残疾学员绘画技艺

艺术境界之中，胸有成竹，落笔成珍，笔墨气韵完整。

阮文龙则准备举笔蘸墨写大字，把自己数度在参加培训中攒下的功底尽情挥洒出来。下笔前，他用眼光仔细打量，准确把握字的布局，下笔时则一鼓作气，开笔的头和收笔的尾一气呵成，几分钟内"撸起袖子加油干"几个字就跃然纸上。在场围观的学员面露赞赏之色，并报以热烈的掌声。

阮文龙写的这幅作品，刚劲有力，气势不凡，这不仅凸显了他的书法功底，而且从某种意义上讲，也展现了他对人生道路、对残疾人事业追求的一股韧劲。

中途休息的时候，有位残疾人带着疑惑的表情问阮文龙："阮老师，刚才你为什么要写这句话？"

阮文龙笑着回答说："我告诉你吧，那是党和国家领导人说过的话，不仅让我铭记，也道出了我的初衷：实干才能梦想成真，实干才能有益于人民，实干的人才是产生奇迹、有故事的人。"

阮文龙刚说到这里，突然收到了一个微信，打开一看，原来是1986年上虞中学的老同学、现已是上虞区文联副主席的陈肖平发来的。

站在一旁的望江街道民政科长周良英，看着阮文龙手拿手机的那个全神贯注的样子，不禁大声问道："阮老师，你在看什么呀，这么认真！"

"我在看30多年前的老同学给我发来的短信，太感人了，抽空我要回去看看他们。"阮文龙边说边向活动现场走去。

这幅书法挂在台上，阮文龙转身凝视了一会，便返身回到与自己结对的小青年身边。小青年顾自在印有淡淡的方格子的黄色纸张上写着，笔画歪扭。阮文龙伛下身子，轻巧地把着小青年的手，就势运笔书写。

虽说这个小青年患有精神障碍，但阮文龙见他练字倒也认真，顺从地描摹着。练完了一张纸，阮文龙叫他再独立描摹一张，等会儿再来进行指正。小青年点点头，开始了独自书写。阮文龙巡视了老师们捉对儿施教残疾弟子之后，又回到小青年身边，指点了一番之后，给他独立完成的作业打了80分的高分，目的是想借此激励小青年练书法的信心。

从此，望江街道的助残书画教学活动，成为一道亮丽的风景。居民们纷纷涌到在水一方社区的楼上观赏书画家们或作画或疾书，其中有白发苍苍的老奶奶，也有不少由家长带着的孩童。

在春节临近之前，阮文龙又应时举办了书画活动。他率先开笔，画了一条非常生动活泼的金红色鲤鱼，跃然纸上。这自然是寓意年年有余，惹人喜爱。近几年来，阮文龙几乎参加了所有的街道书画展。在纪念改革开放40周年的街道书画展上，阮文龙则奉上"勇立潮头"四个力透纸背的大字；在鸡年姗姗来临时，他画的"公鸡母鸡"又飞上了社区教学楼的前台……

为了迎接全国第29个助残日，在这个对残疾人来说重大而有意义的节日到来之前，阮文龙早早地谋划开了，忙碌开了……

把自己的人生与残疾人事业紧密相联，这样的信条注定阮文龙要为之操心，为之操劳。他可以没有菩提树和玫瑰色，但不能放弃对残疾兄弟姐妹的付出。这种付出，已经扎根在他的灵魂深处。他在地处钱江新城的办公室里，一会儿给市残联打电话，一会儿跟望江街道联系，凡是与本期残疾人书画培训开班典礼相关的人和单位，他都反复联系，热情邀请，一次次打电话，甚至书画老师们和所结对的残疾人学员，都事无巨细地逐一敲定，抓好落实。

阮文龙就是这样一位实干家。他将在水一方社区的培训教室视为一方精神领地和第二职场，经过通力合作和辛勤耕耘，使身体残缺的学员笔下长出完美而壮硕的书画之树。

2019年4月25日，那是个阳光明媚的早晨，阮文龙早早地就来到了在水一方社区四楼的大教室里，端视着主席台上方的大红横幅，井然有序的桌椅，已经装裱好的供老师和残疾学员挥毫的画轴等，感到非常满意。

几位早到的残疾人学员，一看到阮文龙，脸上便露出了笑容。因为这些残疾人学员心里非常清楚，阮文龙是他们的领头人，他们纷纷拥到了他的跟前，并向他表示深深的谢意。此时，不论是阮文龙还是残疾人学员，他们都把参加这次书画培训开班典礼当作自己的节日，是一次崇高的礼遇。

一个街道的残疾人书画培训开班典礼，引起了社会各界的热情关注。这也是望江街道领导和辖区居民所没有想到的。

2019年4月25日，浙江省原政协副主席、诗书画之友社原理事长王玉娣与时任政协第十一届杭州市委员会副主席谢双成、西泠印社顾祥森为阮文龙助残公益发展中心暨望江街道公益书画艺术培训班揭牌

　　浙江省政协原副主席、浙江省政协诗书画之友社原理事长王玉娣来了，时任政协第十一届杭州市委员会副主席谢双成来了，西泠印社、市残联、区残联，以及街道、社区的干部都来了。老师们也纷至沓来，有的来自中国美院，有的来自各家画院、画廊，有的来自杭州市书法家协会，甚至连在杭的多家新闻媒体也都闻讯赶来了，他们都怀揣着一颗爱心前来参与和投入助残的盛会。

　　与会者来得那么整齐，那么及时，足见全社会对残疾人这个弱势群体的爱护和重视，也足见阮文龙以他的赤诚之心和实干精神换来各方的支持、力挺和捧场。

　　不用说，各级领导的讲话充满热情和真情，也不用说老师和学员的发言充满决心和信心，而阮文龙跑前跑后的安排和衔接恰到好处，使得开班典礼既气氛热烈又井然有序。在实质性的培训活动开始之后，许多感人的画面顿时让电视台记者和报纸摄影记者眼睛一亮，赶紧抓拍了起来。

望江街道残疾人之家作品展示展销会

公益培训班阮少军老师给学员们上书法课

瞧！一个中年女老师，右手轻护在一个女残疾学员握着画笔的手上，神情那么专注，动作那么协调。桌面上洁白的画轴已经展开，随着握笔的两只手，时轻时重，时缓时疾，时起时落，画笔分明在画纸上勾出兰花的线条。呀，一盘兰花跃然纸上；一块奇石也逐渐成形，更增添了兰花的生趣。

当她们在全神贯注地教学画兰花的时候，电视台记者已出现在她们的前方，把这对师徒一招一式的教学生动地拍摄了下来。在整个教画、学画的过程中，围观的人们几乎屏住呼吸，直到这幅画完成之后，才长长地舒了口气。

画完了，女老师直起腰，抬起脸，把散下的短发掠到耳后，对结对的徒儿说："你只要有信心，就一定能够学会画画的。"

女学徒仰起脸，激动地说："老师，我一定好好学，尽管我的左腿有疾，但每次开班我都会提前到的。"

女教师点头说："好，我还带来两份学画的资料，送给你，你在家里可以边看边练。"

女学徒乖巧地回应："老师，你真好，我会照你的话去做的。"

当天晚上，在电视台的新闻报道中，播出了这条师生教学画画的新闻。阮文龙在家里看到后，比自己上了电视还要高兴，马上用手机拍摄了这一电视画面，然后通过微信传给有关领导。接着，他还将这些内容发到了朋友圈，让更多的人来关注残疾人书画培训班的动态和信息。

这边，一位老师正在凝神画"墨梅"，一旁观摩的学员看得入了神。一位社区大娘看着看着仿佛走进了画意，脸上的皱纹也舒展开了……

那边，一位老师在画"夏荷图"，碧绿的荷叶仿佛在微风中窸窸窣窣地作响，那粉红的荷花、金黄色的花蕊，显得高洁典雅，令人心荡神摇。一旁的观看者也都纷纷赞叹道："这画真是好美呀！"

教书法的颜老师正在教女学员学习篆书，她边教边传授知识："这个'周'字，上半部分本是个'田'字，后来周文王在田字下面加个'口'，意为田里种的庄稼是供人吃的，需要加以保护和保障。"

学员听得津津有味，仰着脸问："颜老师，你懂得那么多，学问真深，敢问颜老师是什么学校毕业的？"

颜老师那瘦长的脸上缀着一双炯炯有神的眼睛，平直而削薄的嘴唇微微开启，回答说："我毕业于中国美术学院，很高兴与大家一起相互学习，共同探讨中国书法的神韵。"

学员们纷纷说："颜老师，碰到你真算是交好运了，既学书法又长见识。"

培训班得以成功举办，作为开班仪式主持人的阮文龙可谓开心至极，踌躇满志。他又上台宣布开班仪式的最后一个环节："同学们，老师们，请大家都上台来，老师和学员各排成一排，学员们要排在自己结对的老师的前面。"

于是，会场上开始喧闹了起来，但一阵小小的整队之后，很快就在主席台上排成整整齐齐的两排。现场的气氛变得轻快活泼，又充满了期待。

阮文龙又转身朝向主席台，脸上泛起一种神秘的微笑，用轻松的口气对着学员们说："我在动员你们来参加培训班的时候曾经说过，学员们来参加书画培训，将会得到一份珍贵的礼物。那到底是什么礼物呢？谜底将马上揭晓。现在，我宣布这次培训班的最后一个仪式是，书画老师向自己结对的学员赠送自己的书画作品。"

原来如此。刚才书画老师们大显身手创作的书法和国画，全都是赠送给自己结对学员的礼品。

于是，学员们纷纷转身面对自己的结对老师，紧紧地与老师握手，并郑重又高兴地从老师手中接过书画作品。有几个外向型的学员，还当场与老师热烈拥抱了起来。

2019 年 4 月，杭州民进文化支部 6 位画家与学员结对合影

见此情景，阮文龙和在场的人都报以热烈的鼓掌，

有的则赶紧拿起手机，纷纷抓拍着这一幸福而又难忘的时刻。

阮文龙最后笑着对学员们说："这次培训班邀请来的老师都是名家高手，他们的书画作品，可谓神妙和工致，你们领回家之后要好好珍藏啊！"

学员们听他这么一说，全都忍不住笑了起来。他们笑得是那样的天真，那样的活泼可爱。有的女学员还尖声叫道："来参加培训班，值，太值了！"

大家哄堂大笑，把现场活跃的气氛再一次推向了高潮。

这次培训班开学典礼，既井然有序，又生动活泼，超出了预期。

2021年10月12日，阮文龙也应老同学——上虞区文联副主席陈肖平邀请，回上虞看望青年油画家叶楠。在百官街道江东路行至美术工作室，与叶楠进行了一个半小时的深入交流。说到老家上虞画油画的，阮文龙脑中立即想到了一位崧厦街道吕家埠村的听障人——吕立明，他马上拨通了吕立明爱人小韦的手机，关心起吕立明的油画创作和生活近况。

当听说吕立明开在时代广场香榭路上的原创画廊因为房租上涨，协商无果，即将到江东路租房时，惋惜地说："开了十年，搬走太可

2021年10月，阮文龙与陈肖平同学重返曾经在1986年居住过的上虞百官庵弄1号留影

说："开了十年，搬走太可

惜了，是否可以与房东商量一下，在原址继续办下去，对巩固老客户、拓展新客户都是有益的。"

挂了电话，阮文龙笑着把小韦和吕立明的微信推送给陈肖平说："老同学，你是搞文学艺术工作的，吕立明也是你的联系服务对象，有空可以去原创画廊走走看看，了解了解情况。"

阮文龙与陈肖平是 1986 年上虞中学的同学，两人曾在百官龙山路庵弄小阁楼上同住过一段时间。冒着绵绵细雨，两位老同学一起来到曾经住过的地方合影。

阮文龙说："35 年过去了，我们进入上虞中学学习的初心是从这里起步的，每当遇到困难时，我总是要回想起自己与同学刻苦学习、迎难而上的不寻常日子，为了实现心中的梦想，绝不半途而废。"

回到杭州的第二天，阮文龙收到了陈肖平发来的一条微信，告知阮文龙已经去看望了吕立明和小韦，同时还有一段陪阮文龙回到庵弄小阁楼合影后的感想：

"今天陪同 35 年前的老同学重访庵弄 7 号小阁楼，此楼目前已经被列为危房，楼梯正面被砖墙堵了，我曾经住过的二楼是无法重访了。

"这个小阁楼曾是我青春岁月奋斗拼搏的一个见证。这里既写着艰辛，也洋溢着温暖。每次路过这个小阁楼时，我心中总是惦记着曾经留我一起住宿的好同学阮文龙。想当年，我从被誉为上虞'西伯利亚'的沥海来到县城百官参加高考复读，开学初期，由于读书住校的人太多，没法在校内住宿，每天骑自行车来回四五个小时，疲于奔波，处于无依无靠的窘境，亏得一起复读的阮文龙同学热情相邀，帮我度过了在外漂泊的第一段困难时光。

"阮文龙同学喜欢绘画艺术，勤奋刻苦、勇攀新高的精神一直感染着我。35 年后的今天，我们终于一起来到小阁楼前，心中不由涌起一阵又一阵的暖流。回首往事，我们的努力是值得的；未来的日子，我们将不忘初心，继续砥砺前行。

"阮文龙的书画，经过这几年的铁砚磨穿、手肘成胝的磨炼，堪称长足大进。当然他并不满足于此，而是要求自己能达到更高的艺术境界。"

在上虞时，阮文龙还遇到了高中同学徐田亮，相互寒暄后，得知他现在是上虞一所中学的历史老师并担任班主任，家境、工作、生活等各方面的条件都不错，阮文龙也很高兴。

2011年5月，阮文龙为时任中国社会科学院副院长、中国地方志指导小组常务副组长朱佳木的父亲——老一辈无产阶级革命家朱理治同志做人物雕像时，专程找到时任杭州市人民政府办公厅党组成员、杭州市人民政府地方志办公室主任贾大清咨询相关资料。其间，贾主任说起办公室有一位转业的干部也是上虞人，是阮文龙的老乡，叫阮关水。后来还介绍他们认识，交谈中，阮文龙和阮关水都倍感亲切。

不管是回家乡见到老友，还是在异地见到老乡，阮文龙心中都会觉得像遇到自家人一样，既亲切又激动！

## 二

探亲访友，杯觥交错，2019年的春节在欢快的气氛中刚过，还留下一绺过年的尾巴。

阮文龙听到放在条桌上的手机在响，走过去拿起一看，知道是杭州民进文化支部的褚柳生老师打过来的，便接听起来："文龙，过年过好了吧？我想请你出去走走。"

"去哪里呀？可别去那种喝酒猜拳的地方哟。"阮文龙随口问道。

"不会叫你去喝酒吃肉的，我想叫你去看看残疾人，是个十分困难的残疾人家庭，他们在偏僻的大山深处。"

一听是去看残疾人，阮文龙就浑身来劲。困难的残疾人多着呢，能帮一个是一个。这样一想，阮文龙便说："噢，你能否说得清楚一些，别让我像猜谜语一般。"

"是这样一回事：浙江传媒学院的毕业生拍摄微电影，里面的盲人是我扮演的。到了外景地，这里山高林密，涧水潺潺，鸟语花香，生态环境极好。同济大学生物系的师生也在这里调研生态，可见这里生态环境之好……"

阮文龙与褚柳生老师合影

阮文龙听老褚说了一大堆话，还未进入正题，便打断他的絮絮叨叨，赶忙插话说道："你就直接说说残疾人的事儿。"

"嘿嘿。"手机里传来老褚的笑声，接着他忙说，"你别急啊，我不是说我扮演盲人吗，为了演得像个盲人，我到了外景地之后，就步行到山脚下的山村去找盲人，一时没有找到，我只得问村里的老大娘，问村里有没有盲人。老大娘听我的话很费劲，我听她的话也费劲。后来，我总算听懂了，村北头山涧边有户人家有盲人。我又问：怎么找到那户人家呢？老大娘便说，你到村北看到房子最旧最破的人家就是。于是，我依照旧房子找盲人，终于把他找到了。"

"这户残疾人家庭是个什么情况？"

"这户残疾人家里的男女主人都有五六十岁了，女的因青光眼致盲，男的驼背，还有点跛脚，他们领养了一个小孩，却没报上户口，又没有钱上小学。"

"这情况倒是够严重的。老褚，这样吧，明天我们就过去看看。"

因为驱车时间要将近三个小时，还要当天返回，第二天一大早，天才蒙蒙亮，阮文龙就起床了。出发时，街上行人稀稀落落。这样也好，开车反而顺畅些。阮文龙开着车向东南方向疾驰，两个小时后，进入群山峻岭环抱的山中。从车窗外闪过的，忽而是溪流哗哗，忽而是成排的银杏树，孤直劲挺，独立不倚。

接着，他又开了半个多小时的车，但见群山越来越陡峭，树木越来越茂密。沿着山间的简易公路，驶过横跨小溪的水泥桥，望见前方绵亘着一个不大的村落，大片的竹丛护拥着农家参差的新楼旧舍。这就到了老褚所说的那个山村。

下车后，在老褚的陪同下，他们一起前往那个小山村。老褚边走边用手指向远处说："你看，那栋房子就是，墙体似乎倾斜了，外边用长木头支撑着斑斑驳驳的墙壁。"

"这地方也真够偏僻了，我猜想村民们的生活肯定是很艰苦的，更何况是残疾人了。"阮文龙答道。

待走近了，阮文龙先绕屋走了一圈，叹息着说："要是遇到强台风，这房屋有倒塌的可能。"

确实，这是一栋极简陋又因年久失修而显得朽败的房子，好像是一位受尽了折磨的老人，苍老而凄惶。屋前有块宽而狭的空场地，没用水泥浇过，只有沙石铺陈。倒是屋门对着的山腰上，一片葱绿而挺拔的松树、杉树为这简易的老屋平添了一种生态之美。虽是早春，但松杉呈现着挺拔向上的活力。一阵山风吹来，便响起阵阵松涛之声，似乎在向老屋的残疾主人问候。

老褚熟门熟路地带着阮文龙走进屋里，只见患眼疾的女主人摸索着在破旧的小方桌上擦抹着。没有上学的小孩见来了客人，懂事地搬来长条凳，示意客人坐下。

老褚朝着女主人说："大娘，你们是残疾人，家里经济困难，今天我陪一位领导来看你们了。"

大娘凭感觉知道来客坐在条凳上，自己便在对面的矮凳上坐下，用衣襟擦着手，说："我家穷，从来也没有人上门来，今天是什么风把领导吹来的呀？"

阮文龙忙谦逊地笑笑说："我也是残疾人，不是什么领导。"

"客人是从哪里来的？"

"杭州，你知道杭州吗？"

"听说过杭州，从杭州到这山角落里很远哎。"

"路是远了点，不过……"老褚搓了搓手，说道，"我来过你家几次，知道你家确实困难，我就想请个能帮你们的人，来看看你们，你就把家里的情况摆一摆吧。"

"我家的穷困，就像和尚头上的虱子——明摆着的嘛。往大里说，房子说倒就会倒，就靠几根木头撑着。孩子是领养的，至今没有户口，现在小孩又到了读书的年龄了，上不起学。我眼瞎，上山去的老公驼背，没有收入，我们是全村最穷的人家。"

"村干部和镇干部来过你家了解情况吗？县残联知道你家吗？"

"我是盲人，不知道村干部和镇干部是啥模样，县城离这里起码有七八十里路，残联的人也到不了这里，真的，像你们这样问长问短、问寒问暖的人，还是头一回到我家。"

阮文龙站起来，走到小孩身边，伸手抚摸着他的头，喃喃自语："这孩子应该上学，应该学文化，学知识，否则长大了是文盲，这户残疾人家庭何时才能脱贫，这孩子大起来凭什么赡养残疾的父母啊！"

老褚也走到阮文龙身边，细言细语地说："文龙，这户残疾人家庭确确实实需要帮助，你就想想办法帮他们一把吧。"

阮文龙静思一会儿，沉吟着说："你说得对，你今天叫我来这里也叫得对，这样的残疾人家庭，确实应该向他们伸出援手。只是这一带山区我也是第一次来，想来想去也没有熟悉的人，这个县的领导和残联我也不熟，该怎样帮他们解决具体困难呢？"

"只要你说要帮就行，帮的办法也总会想出来的。"老褚看了一下手机，说道，"我拍戏的时间快到了，你去现场看看我如何演盲人吧。"

"你得感谢这位大娘，她对你演好盲人很有帮助吧。"阮文龙微微笑着说。

两人离开大娘家后，快步奔走起来。

回到杭州之后，那双因青光眼致盲的眼睛老在阮文龙眼前眨动。那是无奈的盲眼，那是无助的盲眼，那是求援的盲眼。也许，那户山脚下的残疾人家正在等候"领导"来过之后的好消息。那幢用木头支撑的危房，似乎在焦虑地呐喊、呻吟：谁来帮帮我呀，快支撑不住了……

帮！一定要帮！帮他们解困！帮他们脱贫！此时，阮文龙的心里，犹如山谷里响起了一个回声，是血脉里传出来的残疾人帮残疾人的声音。亲眼见过了那户残疾人度日的艰难，不帮不是阮文龙的性格，不帮不是阮文龙的良知。现在关键的问题是如何去帮。他想遍了自己的好友和熟人，始终找不到可以助残的途径。

此时，苦思冥想的阮文龙，顺手拿起了办公桌上当天的那张党报，浏览之际忽然灵机一动：何不写信给那个县的县委书记，让当地党组织去关注、帮助那户山角落里的残疾人？我们的各级党组织都是为人民办实事的，都是关心民间疾苦的，这样做准能解决问题。

于是，阮文龙就写了这样一封信。

尊敬的县委书记：

您好！

我叫阮文龙，曾是第十一届浙江省政协委员。前些日子，我应一位在微电影中扮演盲人的朋友的邀请，来到了拍摄地，即贵县所属的镜岭镇建国村。我发现该村中有一户残疾人家庭，生活十分艰难，房子破旧，堪称危房。其领养来的孩子由于没有户口，到了上学年龄也上不了学。男主人驼背，还有点跛脚，妻子因青光眼致盲，整个家庭收入低微。我想，这样的残疾人家庭更应该得到当地政府的关爱，因而特向您汇报，并恳请你们尽快派人到他家了解一下情况是否属实，如果确实符合帮扶的条件，那就请你们帮助这户残疾人家庭早日摆脱困境，使他们也能像健全人一样逐渐富裕起来，住房条件得到改善，生活水平得到提高，小孩能够上学读书。我想，在建设新农村和奔小康的路上，残疾人一个也不能落下！

此致

敬礼！

阮文龙

2019 年 3 月 22 日

随后，阮文龙用挂号信寄出了这封写给县委书记的信，感觉自己就像举手放飞了一只信鸽，并期待着它能尽快衔回一纸喜讯。

阮文龙坚信，党和政府是全心全意为人民服务的，基层政府部门的领导也是为人民办实事、为百姓谋福祉的。他的期待不会落空，定然会有前来报喜讯的喜鹊飞来。这"喜鹊"就是他的手机。

没过几天，他的手机铃声急促地响起，正在办公室处理文案的阮文龙拿起手机一看，是一个陌生号码。一接，还没有等他开口，对方就急于作了自我介绍："我是镜岭镇建国村的驻村干部，县委书记对你的来信作了批示，非常重视你在来信中反映的问题，已传达给镇、村的干部。得知这一情况后，我们当干部的确实感到很惭愧，对残疾人家庭关心不够，应该作深刻检讨。现在我们已经开会商量过了，一定要尽快解决好这户残疾人家的住房困难、生活困难和孩子不能上学等困难。"

阮文龙应道："你们这样重视就好，关键是要为残疾人家庭办实事，同时我还真诚地希望你们能举一反三，以此类推，下去了解一下其他村落残疾人的生活现状。"

"好的，好的，我会把你的建议和希望及时向镇领导汇报。我作为本村的驻村干部，眼下先要想办法解决好这户残疾人的实际困难。"

"好的，过段时间我还会打电话与你联系，询问具体落实的情况。"

过了段时间，阮文龙真的打电话询问了那位驻村干部，当他得知那户残疾人家庭的困难正在逐一得到解决，这才放心了些许。

# 三

以帮助残疾人为己任的阮文龙，回家乡上虞时，又特地去拜谒了当地一位乐于助人、救人的慈善住持智正法师。

上虞普净寺妙觉法师与李新勇来亚龙艺术园看智正法师铜像制作过程

　　作为上虞人的阮文龙为家乡上虞做过雕塑，也搞过大型雕塑艺术展，家乡的报纸、电视台也多次报道过他。当他回到家乡后，闻风而来的人络绎不绝。这些淳朴的村民纷纷与他打招呼，与他交谈，为数者众，堪称热点人物。这一次，阮文龙刚从上虞当地颇有名气的浙江中鑫艺术博物馆广场上停好车下来，就听见不远处有人在向他打招呼了："文龙兄，今天你回来了，我都好久没碰到你了。"

　　循声望去，阮文龙忽地发现一张熟悉而又沧桑的脸，不高的身材穿着一件浅灰色短袖衬衣，显得素净而飘逸。阮文龙马上从记忆中反应了过来，知道此人是自己好多年前在上虞从业时认识的，还一起合作过，便走上前去热情地握住对方的手，问候道："新勇兄，是你啊，真的是多年不见了。你现在哪里？干些啥呀？"

　　"我现在是一个住在庙里的人，还能做啥哟！"李新勇一脸淡然，泛青的脸色透出些病态，看起来人有些憔悴。

　　"住在庙里？这话怎讲？"阮文龙不免满脸错愕，不解地追问着。

　　"文龙兄，不瞒你说，因前几年我检查出病症，当时就像遭到天打雷劈一般，脑子里一片空白，除了天天跑医院之外不知该怎么办。

我非常绝望。我老婆也非常焦急，病急乱投医，天天陪我去这里那里看医生、找偏方。然而，一切都无济于事。冥冥之中，老婆陪我去了卧龙山的普净寺拜佛，跪求老法师。那老法师虽已高龄，但他慈眉善目，乐善好施，便为我在寺院里安排了一个房间，还为我写下了'悲智双运，福慧双增'，叫我'放下心''不思善，不思恶'，滋养身体。当时我想，

智正法师赠送阮文龙《养心集》

医院已让我跑得不想再跑了，就住在寺里听天由命吧。于是，我在普净寺一住就是三年多了，我患的病症虽然没好，但并没有殒命，现在身体反而一天天转好起来了。文龙兄，你问我在干啥，没说的，我就住在庙里修身养性，重拾毛笔，练练字，作作画，读读智正《养心集》。"

阮文龙听他一口气说了这么多，不免偏过脸沉思起来：老李能住在普净寺寺院养病至今，这也是人间奇迹。万事万物都是有理可循的，这到底是什么缘由呢？他又转过脸向老李问道："新勇兄，你倒说说，为什么住在普净寺里，连这样凶恶的疾病都能扛过来了？"

老李一脸的静穆，又徐徐道来："这卧龙山啊，东接四明山，下临曹娥江，环境、空气绝对好。对一位病人来说，生活在这样的环境里，那是再好不过了。住持智正法师还印了他自己编的《养心集》送给我，我天天看，天天念，心态好了，心境也净化了，这才是治病救人的良方啊。智正法师不仅讲经说法，还擅长书法，更可贵的是还身体力行帮人救人，真是慈悲为怀，济世救人。这在其他庙里几乎是没有的。你为何不上卧龙山，去拜谒一下？"

听了老李的这番介绍，阮文龙心里油然生出了一股上卧龙山的冲

阮文龙：别样的人生（下）

158

动，便点头说："智正法师不仅帮助像你这样生病的人，还做各种好事，这与我帮助残疾人真是异曲同工，真的，值得我去拜谒。"

八月的阳光热力炙人，阮文龙不顾炎热难耐，事先给老李打好了电话，然后就开车去了卧龙山。因是第一次上卧龙山，不熟悉路，他先在卧龙山山脚下的西瓜摊上买了两只硕大的西瓜，然后便向摊主问路，摊主听说是到普净寺去，既热情又非常具体地告知了上山的路。此时山路弯弯曲曲，蜿蜒而上，两边茂林修竹，山风习习，阮文龙打开车窗，顿觉心静意淡，渐渐有飘飘然之感。山峦连绵，各呈异状，近山翠绿，远山淡蓝，时见云雾缭绕，时又见只露出山的峰尖，令人觉得这景致就像天上的仙山琼阁。正当阮文龙遐思之时，普净寺"看破、放下、自在"六个大字映入眼前，老李也已早早地在山门外等候。

停好车，老李和阮文龙各自捧着大西瓜去拜谒住持智正法师。时年已九十多岁高龄的智正法师慈眉善目，身披黄色袈裟，坐在圈椅上，微笑着注视阮文龙的到来。

*2017年11月，阮文龙与上虞普净寺智正法师合影*

老李赶忙上前介绍道："他叫阮文龙，是上虞道墟人，现在杭州搞城市雕塑，上虞有好几处雕塑都是他设计制作的。今天他特地从杭州开车来见您，他很赞赏您的种种善举，敬仰您的爱心和博爱。"

智正法师和颜悦色地说："前些日子我听老李介绍，你搞了很多雕塑，还在上虞为家乡人民举办过雕塑展览，还开办了培训班，也经常帮助残疾病友渡过难关。'践行、励人'了不起。普净寺也是个好地方，以后有机会你还可以到这里来搞雕塑和书画展览，让家乡人再饱一饱眼福。"说着，就哈哈大笑起来。

阮文龙忙欠身道："在送文化下乡中，我在上虞搞过城市雕塑展览，以后如有机会我也很想在普净寺搞几次书画展览，让寺庙文化更加丰富，让更多的善男信女受到文化艺术的熏陶。"

智正法师说："是啊，我们普净寺确实是书画制作的好基地。庭院内有'百年牡丹'，院外又有百亩茶园。登卧龙，赏茶园，俯瞰曹娥江，这里人杰地灵，是风水宝地哟。十方来财十方去，我们普净寺也讲为人民服务，也经常救济帮助一些穷困人和病人。"

老李接过话茬说："智正师父一直在治病救人，我就是被师父从死亡边缘拉回来的一个人。师父不仅拿药物治疗，而且还采用一种心理疗法，激发起我们对生活的勇气和信心。这些年来，心理疗法确实也很管用，不少像我这样的人进了普净寺后，在他的抚慰下改善了病况甚至恢复了健康，这种例子不胜枚举。智正师父说百病之根在于'心'，治身必须治'心'，也是很有道理的。我的康复，也是靠了这种疗法。"

过了片刻，智正法师招呼妙觉法师拿书来送给阮文龙。很快，一本厚厚的智正《养心集》和一本介绍寺庙的《卧龙山普净寺》由智正法师亲手递给了阮文龙。阮文龙满脸感激地笑着道谢，随手翻着智正

《养心集》，书中介绍了古今养心养身的名人和养心的经验，顿感如获至宝，便说："师父给我送书，就是送健康啊。"

智正法师笑着说："我希望国运昌隆，希望黎民百姓身心安泰。我今年九十多岁了，别无所求，帮人之困，解人之难，唯此而已，唯此而已。"

从智正师父房间出来，眼前是一个方方的小天井，当中一条窄窄的石板路将天井隔成两爿，花坛里长的全是牡丹，挤挤挨挨，成丛成簇，枝繁叶茂，蔚为壮观。在花坛中竖立着一块木牌，上面赫然写着"百年牡丹"。

阮文龙赞叹着说："这牡丹都有一百年了，真是难得一见。"

他在闭目的瞬间，想象着百年牡丹开花之时，姹紫嫣红，浓丽鲜美，那该是多么的好看。

阮文龙暗忖：待到明年牡丹花开之时，我就带人来此写生。

接着，老李又如数家珍地介绍道："文龙兄，更加古老的是花坛前面的那些古建筑，至今已有几百年的历史了。"

阮文龙朝前一看，见古寺的门楣上方有何香凝女士的题词，其书法典雅中带有飘逸，奇崛中含有古韵，与这座古建筑倒也相宜。阮文龙走进古寺里面凝望，忽然想起早些年他去景宁做雕塑时，曾亲眼看到过始于南宋的建筑"时思寺"，它虽然历经了历史的沧桑，风雨的侵蚀，仍然屹立至今，也是难得一见的奇迹。不用说，古寺的墙面斑驳，梁柱陈旧，却像一位老人一般在诉说历史的变迁、时代的更替，使人感叹不已。阮文龙心中暗想：普净寺历史如此悠久，住持行善如流，我也该为风景秀丽的卧龙山普净寺的寺庙文化做点什么。

阮文龙在老李的陪同下，走到庙门外的空地上，游目骋怀，触景生情。回首仰视，只见卧龙山峰峦连绵，奔腾向前，宛如一条游龙从天而降。往前远眺，但见空蒙云雾之中，曹娥江从天边游来，几经曲折，往东方的鸿冥之处游去，仿佛一条水龙遨游在上虞大地。

回到庙里之后，阮文龙对老李说："智正师父为当地老百姓做了许多善事，让我非常感动。我想回去之后，为他做一个雕塑，你看好吗？"

老李听后，不免有点兴奋，喜滋滋地说："好啊，你能为智正法师做一个雕塑，太好了，这也代表了我们大家的心意，谢谢你啦！"

老李接着说："文龙兄，那我再详细向你介绍一下智正法师，说不定你又有新的认识和想法。"

"好呀，你说我听。"

"智正师父是个极有来历的人。师父俗名陈叔龙，法名释智正，祖籍贵阳，1927年4月生于北京官宦人家、书香门第。祖父陈田，进士，清光绪吏部监察御史。父亲陈小松，精金石、甲骨文，善书法篆刻，与罗振玉、齐白石等好友过往甚密。师父自幼受熏陶，亦精文史，尤善佛法。你看一看智正师父的书法，题写的'养心集'和'卧龙山'的这些字，就可以知道师父的书法功底了。1987年4月退休之后，登临卧龙山后即发常住心，影不出山。他当时来到卧龙山时，这里只有几间破旧土房，到处都是荒草泥浆，山岭荒凉，蚊虫肆虐，艰苦至极。智正师父却毅然抛弃了退休后在上海的安逸生活，留在了卧龙山上。初来乍到的他，人地生疏，又缺资金，便拿出自己的全部积蓄，开始了重建普净寺的工作。师父芒鞋柴刀，饮露餐风，开山修路，挑山垒石，筑墙盖瓦，事事亲力亲为，真可谓呕心沥血。一边忙碌，一边修持，重建寺院，恢复晨钟暮鼓。师父的壮举和善举，引来各方人士捐资助建。历时三十三年，终于建成了三圣殿、弥勒殿、大悲殿、大雄宝殿、藏经阁等数十间殿舍设施。文龙兄，你说智正师父是不是了不起！他在卧龙山普净寺的历史上是不是值得大书一笔？"

"上虞不是有个作家在对师父作采访，搜集素材，为他写传记吗？"

"嗯，是这样的，"老李点头说，"这个作家觉得智正师父值得写，吃饭时我常与他相遇、交谈，他非常敬重智正法师。"

"对，"阮文龙颔首说，"智正师父既传经释道，又为百姓施善积德，他给病人安顿疗养，治病救人，这样的住持真是不多见的。"

接着，老李又说道："文龙兄，我患病几年，师父让我一直住庙里安养，你说，这不是施慈善于我吗？我打心里感激智正师父救了我一条命，还让我的心变得清静、透明、纯正、善良。所以，智正师父是值得我和我的家人终生感恩的人。"

阮文龙游览着古色古香的普净寺，耳边不停地回响着老李的话，心里油然涌起对智正法师的敬仰之心。于是，又返身回到庙里，找到年逾九十岁仍住庙做财务的女会计，说道："普净寺在做慈善，智正法师在治病救人，今天我也想出点力捐一些款，支持庙里做点慈善。"

女会计清癯的脸上呈现出和善的微笑，马上拿出了账册说："感谢施主，我给你登记入账。"

阮文龙取出了早已经准备好的一沓厚厚的现金，用双手递给了女会计，并在账册上签下了自己的名字。

"听口音，你不是本地人，是杭州人，对不对？"阮文龙问年迈的女会计。

"是的，我也是杭州人。"女会计微微点头笑道，"我退休前是做会计的，退休后一直身体不好，从病友那里得知卧龙山普净寺可以住庙养身，就来到这里。果然，智正师父接纳了我，还让我重操旧业，帮助庙里做会计工作。"

2018 年 9 月 14 日，杭州上城区与上虞区两地茶文化研究会在普净寺茶园参观后合影

"你来到这里之后，身体好起来了吗？"

"你看，我在这里一住就是十五六年，现在什么病也没有了。身体好了，我的心境与卧龙山普净寺已经融合，也不想回杭州了。"

阮文龙领悟地点点头。

离庙之时，智正师父又送上了几盒普净寺自产的龙爪茶。"红色包装的取名为龙爪红，绿色包装的取名为龙爪绿，这可是道地的上虞普净寺龙井佛茶。"师父谦和地介绍道，满腔的上海普通话。

回到杭州之后，阮文龙又开始忙于公司的雕塑业务，因为这毕竟是他的主业和依靠。过了一段时间，阮文龙回想起普净寺产的龙爪茶，清香纯正，饮后口有余香，便想道："我可以提议举办一场茶文化研讨会，就在卧龙山普净寺举办，大家吃素斋，绝对不会有浪费。"

他的提议很好，各方面人士都表示要参加这个研讨会。

这是一个阴雨天，偶尔飘着细雨，将古朴幽静的卧龙山变成了一

两地茶文化研究会参观普净寺茶园

幅淡雅的水墨画。上虞区茶文化研讨会如期在卧龙山普净寺里举行。杭州上城区茶文化研究会杨全岁会长、瞿旭平秘书长等六人，在阮文龙的牵线搭桥下，也受邀一起参加了研讨会。智正法师特意把研讨会的会场安排在窗明几净的大会议室里，并用寺庙自产的龙爪茶招待会议嘉宾。

当龙爪茶冲泡之时，整个会议室里便弥漫起淡淡的馨香。茶杯里泡的分明是山的丰厚，水的韵味，茶的香醇。阮文龙呷了一口，顿感滋喉生津，茶香扑鼻，不由得赞叹了起来："好茶，真的是好茶！"

会议嘉宾们也纷纷浅尝，都感到龙爪茶甘甜不腻，清芬却不苦涩，并有一种丝丝缕缕的鲜爽散于齿颊之间，渐渐向全身扩散，启人神思，润人心肺……此刻，不知谁说了一句："浙江的名茶有龙井茶、龙顶茶，我看还要再加上个龙爪茶……"他这随意说的一句话，却引起了与会者热情洋溢的共鸣和反响。

由此，会议的安排又多了一项内容：踏勘龙爪茶茶山。

远远望去，那是一个翡翠般的山峦。走近了，就有一阵阵淡淡的清香随风飘来，愈近茶山，那香味愈由淡变浓，仿佛空气都由醇厚浓郁的香气组成，使踏勘的嘉宾们陷入芬芳的包围之中。

进入茶山，一行行一丛丛的茶树就像碧玉雕成的，绿得诱人。与别的茶园不同的是，在这一行行茶树之间，间种着苍劲葱绿的红豆杉，树荫随着山坡一层层高上去，仿佛一团团绿色的云雾在翻腾。一行茶树，一行红豆杉，有规则地向山头蔓延上去，这使嘉宾们又好奇又陶醉。

"茶树与红豆杉间隔种植，这是绝无仅有的。"一位代表大发感慨。

"这就是龙爪茶的独特之处。"阮文龙应和着说。

"独特在哪里，这正是值得我们认真研讨的。我看，这应该是我们这次会上研讨的新课题。"上虞区政协主席兼上虞区茶文化研究会会长提议说。

阮文龙转身向普净寺监院妙觉法师问道："茶树与红豆杉间种是智正法师的主意吗？他为什么会提出这别出心裁的想法呢？"

妙觉法师不疾不徐地介绍说："师父为人敬业，知识渊博，一心为众生求康乐，祈国家之安宁。他开辟茶园，将红豆杉与茶并种，将以抗癌症的红豆杉与抗氧化的茶互相纠合，用这样的茶给前来普净寺修炼、养病的善男信女饮用，并与心理疗法相结合，使患病者好得更快，使健康者更加健康长寿。"

"哦，智正师父真是用心至极、至善啊，让我打心眼里感到敬佩。"阮文龙深深地吸了一口山上清新的空气，赞叹道。

嘉宾们沿着山路边看边聊，此时，迎面走来了一位中年男人，手上还拎着两大桶山泉水。

"哟，这不是王忠吗？"

"哟，文龙兄，好久不见。"

"王忠，你怎么到这里拎着两桶山泉水？"

王忠笑着说："文龙兄，绿水青山就是金山银山，普净寺生态这么好，这里处处都是宝。"说着放下手中的桶，手指着不远处的两口小水潭："你看水就是从上面的卧龙山主峰金刚峰上一点一滴汇聚起来的。用这个山泉泡茶，真是'好茶好水好味道'啊！"

站在一旁的上虞区政协主席兼上虞区茶文化研究会会长，赶忙接过话茬赞同道："我们这次上卧龙山真是不虚此行，回去后还要再抽出时间来好好研讨一下。"

与会代表谁也没有想到，当他们陆陆续续从茶园翻山回来时，只见已九十多岁高龄的智正法师摆着稳稳当当的马步，已在方丈室门外恭候多时了。

阮文龙由于腿脚不便，几乎是最后一个到的。他见智正师父摆着马步，脸带慈祥而真诚的微笑，马上掏出手机，从各个角度抓拍了智正法师的照片，并轻声对师父说："大师父，看你这姿态像极了一座雕像，我很想为您做个雕塑。"

智正法师收住马步姿势，笑着回答说："好是好，可我还想更好地普度众生呢。"

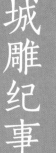

第六章

城雕纪事

# 一

  阮文龙经常对身边的人说：人的追求决定人的生活状态，不安于现状，不停地追求，是一种优秀的品质。自从走上城市雕塑之路后，一次次的磨炼，一件件城雕作品的问世，使他锤打出锲而不舍的品格。他不喜欢张扬，但在内心却充满着"不安分"的波澜。

  这些年来，让青铜、巨石随着设计和雕塑，被赋予了生命，变成一件件被众人观瞻的有艺术价值的作品，阮文龙从内心感受到人生有了价值，生活有了方向，艺术创作也有了成就感。他沉浸在了城市雕塑的艺术创造中，一年复一年，寒暑交替，岁月如梭，创作之路是艰难而又艰辛的，必须坚持做下去的性格，激励着他一路走来。多少甘苦，多少奔波的疲乏和成功的喜悦，从心里勃发，从手中流淌。

  他探索着雕塑材料，探索着题材，探索着设计，探索着制作，探索着方向，从二维平面的设计图像向三维立体转化。让他感到欣慰的是，经他手做过的这些城雕作品，不仅涉及的面广，而且影响也很大。这其中的艰辛过程，让他深深地感受到痛并快乐着，迷蒙并充实着。

  "众里寻他千百度"，阮文龙在心神俱疲之后获得了成功，其城雕作品多姿多彩，焕发出饱满的生机和蓬勃的张力，观之栩栩如生。

此时，他心里的兴奋如同钱塘江上激扬的潮水，喜悦则如同西子湖荡漾的碧波。

每当设计一项雕塑作品时，阮文龙总是先从宏观上感受整体，然后细致品味局部。在整体设计中把握时代感、真实感和文化特质，转而向局部寻找，发掘出具有生活情趣的场景，一系列生动的细节则正好体现了时代的风貌。

阮文龙深信：万事只怕有心人。只要有心去做，用心去做，追求卓越，反对平庸，总是能创作出自己满意、招标单位满意、观众满意的精彩纷呈的城雕作品。

每次参加雕塑的投标，阮文龙都是用一颗负责任的心去参与。他知道，优秀的雕塑作品能陶冶人们的心灵，引导公众的审美情趣。由于雕塑所用的材料特殊，大量作品可以被永久保留，可以成为一个时

*2003 年，亚龙雕塑阮文龙与团队成员年夜饭后合影留念*

景宁畲族雕塑柱和地雕作品施工照片

代的文明象征。随着国家经济的腾飞，城市建设规模不断提升和扩大，雕塑逐渐被纳入艺术美化生活的设计体系中来，并融入人们的生活当中。如今，在城市建设的主干道、步行街、公园以及室内外环境的布局中，把各种艺术雕塑融入其中，已渐渐被老百姓认可，并成为人们日常生活中不可缺少的一部分。

近年来，阮文龙在设计制作大型城市雕塑作品的同时，还把自己的触角向周边中小城市和农村集镇延伸。因为他知道对艺术的欣赏没有城市大小之分，也没有城市和农村的区别。阮文龙一直在等待这样的机会。

2013年上半年，阮文龙听说省内景宁畲族自治县，可能会有一个涉及城市雕塑方面的招投标机会，于是，他就早早地开始作准备，三赴景宁畲族自治县，进行实地考察，收集资料，从而为撰写投标书打好基础。

之后，当该县的正式招标通知在网上发布时，阮文龙第一时间就将早已拟好的文案传了上去。经过一番博弈，2013年7月，该县招投标中心宣布：杭州亚龙雕塑艺术有限公司为"景宁畲族自治县入城景观公园"项目的中标单位。

那天晚上，阮文龙兴奋得失眠了。他躺在床上，回想起这几个月来的奔波和付出，并不是一般的人所能支撑的，更何况自己还是个残疾人，这其中的滋味只有自己知道。但让他感到高兴的是，景宁畲族自治县的这个项目，也是他自开展城市雕塑业务以来，第一个在少数民族地区中标的项目。

第二天清晨，阮文龙从睡梦中醒来后，赶忙起床、洗漱，连早饭也顾不上吃，便驱车向公司赶去。因为他深知这个项目与原先的那些城市雕塑项目不同，这次是在少数民族地区施工，而在施工的过程中，必须遵守当地少数民族的风俗和习惯，这就需要在制定具体的实施方案中考虑缜密，绝不能有半点马虎，否则就会造成不良的社会影响。

在此之前，阮文龙先后承揽了绍兴柯桥的雕塑《投醪劳师》，衢州府山公园的雕塑《孔子授业》，江郎山风景区的雕塑《江郎、须女》和《徐霞客》，河南许昌市文峰广场的雕塑《建安七子》，河南三门峡市中国旅游城市标志雕塑作品，沈阳沈北新区雕塑《指北针》《续写未来》，大连海事大学校庆 100 周年雕塑，江西抚州市汤显祖大剧院浮雕《牡丹亭》《临川四梦》和全铜锻造花窗《中国戏曲文化》，江苏靖江市步行街雕塑《靖石》和《源》，江苏泰州市三水湾标志雕塑，河南新县 349 位将帅大型青铜浮雕，浙江余姚四明山革命根据地烈士雕塑、邓小平铜像、李大钊铜像，浙江省中医院雕塑《药碾》，上虞区上浦镇东山雕塑《谢安》等项目，先后都得到了这些城市的专家的认可和褒奖，这也是当时他去报名参加"景宁畲族自治县入城景观公园"项目竞标的基础和实力。然而，如今一旦要正式进入该项目的实施阶段，他深感自己身上的压力并不轻，必须有一个完美的方案、良好的开端才行。

此时摆在他面前的现状是：设计，难度极大！制作，格外复杂！

众所周知，景宁是全国唯一的畲族自治县，历史悠久，畲族在此发祥可以上溯到唐朝永泰二年（766）。民族风情浓郁，有畲族习俗、畲族戏曲、畲族技艺、畲族竞技、畲族祭祀等。景宁的风景迷人，有层峦叠嶂，险滩清瀑，高山湿地，熔岩地质，原始森林，珍稀动物，真是秀山丽水，诗画畲山。景宁真是个人文的宝库，大自然的博物馆，可谓畲山的风景清新而隽永，畲族的风情动人而迷人。

阮文龙明白，一定要熟悉畲山畲寨，一定要深谙其景秀人宁，才能设计、制作、安装、顺利完成好这一景观公园的雕塑项目。

阮文龙向景宁县城南边鹤溪河畔的中国畲族博物馆走去，眼睛里放射出渴求和急切的光辉。当他走进开阔的大门之时，顿觉自己走进了了解畲族历史文化的宝库。从序厅到各个展厅，从文物、实物、图片和投影，他看见畲族人的起源和迁徙，生存环境和聚居之地，生产与交换，饮食与服饰，文化与艺术，习俗与图腾，特别是畲族人的璀璨而亮丽的服饰更是夺人眼球。有个大约五十岁的畲族妇女在现场织彩带，阮文龙向她走过去，对着有绚丽图案的彩带左看右看，不禁好奇地问道："你好，你织的彩带非常好看，请问你是什么时候学会织彩带的？"

"我们畲族人从小就跟着大人学织彩带，几乎每个女孩都会织的，我们都是围着自己织的彩带去参加'三月三'的歌会，去参加畲族的婚庆酒宴。"

"除了彩带，还有头饰、衣裤，都是你们自己做的吗？"

"做头饰比较复杂，但我也是从小就学会做的。衣裤也是如此，上面的花纹图案都是自己绣的。当然，现在的畲族女孩不一定都会做，因为畲族文化与汉族文化交融，畲族人平时穿的服饰与汉族并无太大差异，加上有的女孩从小就上县城读小学中学，到大城市读大学，穿戴与汉族人也是一样的。"

从畲族博物馆出来，阮文龙心想，我再去颇有畲族风情的"云中大漈"和"云中桃园"等处看看吧。

阮文龙在 S 形的山路上小心翼翼地开着车。窗外的风景既险又美，但他却无法欣赏，只见他双手紧握着方向盘，目视前方，朝着海拔一千多米高的山村盘旋前行。

经过两个多小时的艰难行驶，他终于来到了这个小山村，找了个地方停好车下来，边擦着额头上的汗珠，边朝着村口走去。

"这山村真是太美了！"他颇有一种进入桃花源之感。

阮文龙举目远望，古建筑、古民居顿时进入了他的眼帘。他仔细地端详着、品味着这难得一见的风貌。接着，他又先后参观了明代建筑梅氏宗祠，清代建筑马夫人楼等处，不仅为其蕴藏的历史文化感到震撼，更为它们在这个群山环抱的小盆地里保存得这么完好而惊叹。

有了如此丰富的视野和积累，有了如此富有畲族特色的素材，阮文龙匠心独运，有条有理地进行梳理，不厌其烦地修改设计图案，从而使整体设计方案得到景宁畲族自治县主管方面的认可。

各楼层的门楣和窗楣分门别类地展示出畲族技艺、畲族祭祀等不同的画面，立体化地展现了畲乡的人文底蕴和历史渊源。浮雕景观墙则着重刻画畲族发展历史、畲族农耕文化、畲族猎耕文化，可看性、多样性、律动性从浮雕群像中流露出来。龙柱的设计则按传统的龙的形象，通过龙头喷水变静为动，在龙飞水泻的图像中听到悦耳动听的水声。龙柱腾空，地雕则以凤凰的图腾作为中心景观，显示出龙飞凤舞的既传统又生动的互相映衬的雕塑场景，既有民族性，又为大众所喜闻乐见。

这一雕塑群成为入城景观的亮点。开园这一天，彩带飘拂，龙柱喷水，彩凤振翅，畲族姑娘载歌载舞，游人拍照留念，真是热闹非凡。面对此情此景，阮文龙脸上漾起了欣慰的微笑。

# 二

美丽乡村建设的浪潮，把盛行在城市的雕塑也带到了农村。建德市大慈岩镇双泉村别出心裁地要搞一座"荷花仙子"的雕塑，矗立在一望无垠的荷花田畔，并进行招标。经过激烈的角逐，杭州亚龙雕塑艺术公司在招标中胜出，于是，阮文龙与双泉村的党支部鲁书记有了一番接触和交谈。

满脸写着朴实的鲁书记特地来到亚龙雕塑公司，在阮文龙的办公室里，两人进行了诚恳交谈。鲁书记开门见山地说："我们农村搞雕塑，像是大姑娘坐花轿——头一回，盼望亚龙做出的'荷花仙子'为美丽乡村建设添美，让我们双泉村全体百姓满意。"

阮文龙将茶杯移到鲁书记眼前，似乎有点胸有成竹的样子："我一定会尽全力做好的。东方的'荷花仙子'当然不同于美国的'自由女神'，但我会采用与她相同的材质来做。'荷花仙子'也会不同于诸暨的西施雕塑，因为一个是仙，一个是人。鲁书记，我已想了很多方案，我们公司做的荷花仙子，一定会使你们满意的。"

"我们双泉村临近大慈岩景区，因此我也想发展旅游，发展农家乐，让村民们更加富有，希望雕塑'荷花仙子'能成为一个亮点，游客们可以在此拍照留念。"鲁书记瞅着阮文龙说。

"好的雕塑在旅游中的魅力是不可估量的。我十分理解鲁书记为乡村谋发展、为村民谋福利的心意，我会到双泉村来考察和观察，让设计更到位、更富有实效。"阮文龙用真诚的语调说道。

"太好了，你什么时候来，打个电话给我就是。"

"好的，大概就在这几天吧。"

送走了鲁书记，阮文龙随即就做好了这几天的工作安排。

这天，阮文龙让办公室的人员，帮他去收集一些与荷文化相关的古诗和古文来。晚上，他在灯下仔细阅读、思考、做札记，目的是想全面了解一下荷文化，以及"荷花仙子"富有的内涵和灵魂。

阮文龙边看边沉思，喃喃自语：荷花有出淤泥而不染的气质，有迎骄阳而怒放的坦荡，所以在人们心目中她是真善美的化身、吉祥的象征。

在中国传统文化里，荷花是富有情趣的诗词歌咏对象和花鸟画的题材，是优美多姿的舞蹈素材，也是各种建筑装饰、雕塑工艺及生活器皿上常用的图案纹饰和造型。

如今，用荷花仙子的雕像来打扮美丽的新农村，把荷花的美神化，是双泉村人的情怀，也是双泉村人的高瞻远瞩。这也符合爱美、懂美、欣赏美、宣传美的所有人的愿望。

看看，白居易描写的白色荷花——"素房含露玉冠鲜"，把白色荷花比喻为"玉冠"，这是多美的想象啊！

瞧瞧，温庭筠描写红色荷花——"旧宅嘉莲照水红"，范成大咏红荷——"凌波仙子静中芳，也带酣红学醉妆"，这是多么优美的想象和动人的比喻呀。

再看，这是大诗人李白的咏荷诗："涉江玩秋水，爱此红蕖鲜。攀荷弄其珠，荡漾不成圆。佳人彩云里，欲赠隔远天。相思无因见，怅望凉风前。"诗仙对荷花荷叶相映成趣之美，大为赞誉，大加遐思。

还有，大文学家苏东坡月夜泛舟西湖，描摹月光下的荷花："菰蒲无边水茫茫，荷花夜开风露香。"这是多么美妙，多么醉人！多么令人向往！

"接天莲叶无穷碧，映日荷花别样红。"这一描写荷花的名句几乎妇孺皆知，一望无垠的荷花似锦如绣，繁花簇簇，多么让人惬意、让人流连忘返啊！

"出淤泥而不染，濯清涟而不妖。"周敦颐在《爱莲说》中的名句，成为写荷的经典，成为赞扬廉洁的名言，世世代代传颂不止！

无须更多的摘录，荷花的品性已跃然脑际。阮文龙似乎被荷花陶醉心神，心中不由泛起了涟漪。

是的，爱莲就是爱其品，生长于污泥之中却洁身自好，沐浴于清涟之中却不媚于俗世。荷常遇风浪却刚直不阿，并不攀附，体态端庄，生性高洁。爱莲既是文人墨客自重自爱的品德，更是我们民族的气度和傲骨。

阮文龙是在荷花盛开的季节来到双泉村考察和体验的。到了那里后，他一下子就被眼前一望无垠的荷花和荷叶吸引住了，迷醉在清香的荷风里。

在荷田旁行走，就像半身浮在荷叶汇成的绿色波浪上徜徉一般，而白荷朵朵则是碧波上的浪花。阮文龙不由感叹：荷不愧为水中仙子，皎洁无瑕，似天宫的仙女，若域外的神女。荷花仙子一词，不仅道出了她那清秀挺拔的姿态，冰清玉洁的肌体，清雅芬芳的气息，更让人感受到荷花的神韵和超凡脱俗的高贵品格。

所要雕塑的荷花仙子应该有纯洁无瑕的君子风韵。

要做的荷花仙子的雕塑应该有水灵柔美的气质之美。

晚上，阮文龙在农家乐里喝着莲子酒，吃着莲子糕，听房东大娘讲述一代一代的双泉村人对荷花仙子感恩戴德的故事。

听完荷花仙子的故事，阮文龙回到房间里沉思良久。

荷花仙子在民间传说中是个爱人间、爱生活的充满爱心的形象。

荷花仙子追求爱情，追求平凡而美好的生活，爱勤劳、善良、好学、

2019 年 10 月 1 日，阮文龙与赵征（左二）、赵菲（右二）、赵樱（右一）在建德市双泉村雕塑作品《荷花仙子》前合影

向上的小强，为了爱情不惜脱离仙界而来到人间。

荷花仙子将"天莲"播撒在双泉村，使之在人间繁衍，给人们带来幸福的种子，带来可喜的期盼，造福人间。

总之，荷花仙子是个超美的形象，是个以爱为灵魂的形象，是个帮助人们脱离穷苦、走向幸福的形象。

在设计荷花仙子的脸形和身形时，阮文龙在心里暗忖：她既然是个仙子，应该有飘飘然的仙气，同时她又是下凡到人间的美女，因此仙气中应该夹杂着至善至美的人间气。

荷花仙子是美艳、清丽、脱俗的荷花特质美，她的脸形既有古典美女的清雅，也应该有现代美女的俏丽。在艺术设计的讨论中，阮文龙的构想与许多美学专家不谋而合。

在制作时，阮文龙采用与美国的"自由女神"相同的材质，全部由经验丰富的工匠纯手工锻造，使这位东方的荷花仙子的雕塑能够立于世界美女雕像之林。

精工雕琢而成的荷花仙子，被安放在风景优美的荷塘边，左边是深绿如伞的百年巨樟，前后都是荷叶田田、荷花艳丽的荷塘。荷花仙子给双泉村的美丽乡村建设增加了人文的美景，同时，也使本来就十分优美的风景，增添了如梦似幻的仙气和灵气。

如今，来到双泉村的游客，都会从不同的角度与伫立着的"荷花仙子"拍照留念，并把她的美丽传说和灵气带回去。

## 三

由于杭州亚龙雕塑公司中标后，将遂昌县石练镇的神农雕像做得十分成功，石练镇就将为纪念汤显祖诞辰四百周年而建的汤显祖文化图腾柱也委托给亚龙雕塑公司。

石练镇有一棵千年古樟，树荫遮天蔽日，树身庞大而当中空洞，就像一个神秘的历史老人站在山峦之前，两旁全是金灿灿的稻田，可见这里是古老的农耕文明之地。

神农雕像高达 10 米，阮文龙也是第一次做如此高大的神话中的人物雕像。他默默地对自己说，要勇于尝试，精心设计，细致雕琢，并在制作中融入人们对农耕文化首创者神农的崇敬，对农业连续丰收的祈愿，对国泰民安的诉求等元素。

浙江遂昌神农雕塑作品

5 米高的台基、10 米高的神农雕像，全用海岛红色花岗岩雕成，极有气势，也颇富丽。阮文龙用他精湛的手艺，雕出了神农巨臂有棱有角的发达肌肉，体现了充沛的创造力量；神农双眼炯炯有神，脸部表情有一种探索的坚定，从而表现出探索者和创造者的意志坚强和执着追求。接着，他又围绕神农巨像制作和竖立了 12 根高 6 米的石柱，使整个神农广场气势磅礴又有艺术氛围，相互映衬而多彩多姿。

之后，阮文龙又承接了汤显祖文化图腾柱的设计和制作任务。

说起汤显祖，早些年阮文龙曾为江西抚州大剧院做过相关铜雕，应该说是比较有经验的。他立即从记忆深处翻寻出来：汤显祖是明代的剧作家，被戏曲研究大师徐朔方首称为"东方莎士比亚"，两位东西方的戏剧大师又是同时代的人。《牡丹亭》流传数百年而盛演不衰，这不能不说是一大奇迹，以《牡丹亭》等为代表的"临川四梦"是中国戏剧史上的一座丰碑。

阮文龙心里想，虽然自己对汤显祖有所了解，但是要做好汤显祖文化柱，还得好好研究汤显祖文化的内涵，还得进一步研究他任遂昌知县的贡献和影响。于是，阮文龙决定去汤显祖纪念馆细细浏览。

阮文龙在遂昌街头走着，明显感觉到汤显祖并没有远去，仿佛还在这座县城里游荡。走着走着，就会听到昆曲悠扬，《牡丹亭》的唱腔清丽婉转，妩媚动人："原来姹紫嫣红开遍，似这般都付与断井颓垣。良辰美景奈何天，赏心乐事谁家院……"

拐来拐去，似乎随处都可以见到汤公的影子：汤公园、牡丹亭路、汤公大道、戏曲公园……比比皆是。甚至连新设立的文化墙，也都变成了展示"汤公文化"的窗口。在充满艺术气息的大街小巷上，古朴雅致的城郊阡陌，处处都有景致向人们诉说着这位明代文化巨匠的才气和豪情。阮文龙明显感觉到，这位戏剧大师在当地的影响是很大的，不仅改变着一座山城的气质，而且还让每一个置身其中的人，都被他的艺术所吸引，所影响。遂昌也由此弥漫着艺术与诗情。在文化敦厚感之外，又不乏现代和时尚，正像《牡丹亭》演至今日又有了青春版。因为有汤显祖，这座县城不仅有文化底蕴，文化积淀，而且还具有国际文化传播力。

终于，阮文龙来到遂昌县城北街四弄，猛一抬头，便赫然看见戏曲名家张庚所题写的"汤显祖纪念馆"匾牌。

进入馆内后，阮文龙先看了简介，了解到整个纪念馆由前院、馆舍、后园三部分组成。馆内所陈列的内容有基本陈列、珍贵藏品、汤显祖介绍、特色活动等。放眼环顾，但见馆舍古朴雅致，格调高雅，环境优美。

院内有粗硕的原始林木，也有新栽种的具有观赏性的果树，以及特地从汤显祖故乡抚州移栽来的地方树种。既有浓荫遮日的古树，又有开花结果的果树；既有高大的雪松、银杏、金钱松等珍贵树种，又辟有玉兰园、山茶园、桂花园、桃花岛等美丽花卉。

汤显祖纪念馆的主展厅清远楼是一座仿明建筑的两层楼阁。阮文龙先在一楼展厅浏览，看照片，看绘画，看文字介绍，逐步领悟了汤显祖正直的一生及其流传千古的"临川四梦"。他感叹道："一个伟大的戏剧家，必定有正义的灵魂，有饱览诗书的学问，有光芒四射的才华。"

阮文龙在一只古色古香的谱箱前站立良久，透过玻璃看见木活字本的《文昌汤氏宗谱》，这是清同治七年（1868）修缮印制的。虽然已逾一个

江西抚州汤显祖大剧院"临川四梦"浮雕

半世纪多，但字体仍然清晰，线装本完整，七册宗谱静静地躺在精美的谱箱里。不用说，宗谱里有对汤显祖的准确记载。

阮文龙心中油然生出对汤显祖的敬意，对汤显祖文化的崇敬。

参观遂昌汤显祖纪念馆，将阮文龙带进了博大精深的汤显祖文化的殿堂。通过披阅和研究汤显祖文化书籍，让阮文龙了解和把握了汤显祖文化的精髓。

在此基础上，阮文龙开始构思和设计高达 7 米的汤显祖文化图腾柱，整个过程都渗透着他对汤显祖的崇敬之情。

# 四

当阮文龙接到为著名作家、革命烈士郁达夫设计制作半身铜像的任务后，特地去了郁达夫在杭州小营街道大学路场官弄 63 号的"风雨茅庐"。他站在正屋中央，心里油然泛起一种庄重、肃穆、崇敬的感情波浪。

阮文龙看了有关资料后，心里更加明了。郁达夫是五四运动以来在文坛享有盛名的作家。1921 年，他与郭沫若等在日本东京成立创造社，此后，开始了以文学创作为主的作家生涯。在风起云涌的新文学运动中，郁达夫主编了《创造》季刊等文学刊物，还曾与鲁迅合编《奔流》杂志。

郁达夫与杭州有着一段重要的情缘。1927 年，他在上海因会文友而偶遇杭州姑娘王映霞，很快坠入情网，不久两人结为夫妇，并在杭州大学路场官弄，建起了"风雨茅庐"以居住。"风雨茅庐"并无雕梁画栋，整体上典雅古朴。也正是这一故居为郁达夫留下了对杭州缱绻的情结。他在杭州的山水熏陶下，先后发表了多篇小说，和大量的杂文、古诗。

郁达夫是新文学运动的开拓者之一，他的文学成就在我国现代文学史上有着极高的地位。他的代表作《沉沦》是新文学运动最早的一本白话短篇小说集。他的大量脍炙人口的小说，以激愤忧郁的笔调、自叙性和抒情性的手法，直率大胆地同封建礼教作斗争。他的散文、诗词也写得清新自然，别具一格。这些作品都收集在《郁达夫文集》中。

1937年卢沟桥事变后，郁达夫积极投入抗日救亡运动，先后在福州等地做抗日宣传工作。1938年郁达夫去海外后，写了大量富于战斗性的文章，鼓舞南洋侨胞的抗日激情，为民族解放不懈奋斗。

1945年9月17日，郁达夫被日本宪兵秘密杀害于苏门答腊的丛林之中，以身殉国。

阮文龙对这样一位献身抗战的著名作家，满怀激情和深情，设计和制作了正气凛然、风华正茂的郁达夫半身铜像，并在大理石基座上镌刻了一句："我不仅是一个作家，更是一个战士。"

在郁达夫铜像安放仪式上，阮文龙对着铜像深深地三鞠躬。

# 五

浙江中医药大学在富阳区建了新校区，需要建一扇别具一格的大门，邀请杭州亚龙雕塑公司参加投标。为医药界做雕塑，阮文龙已有过先例。他曾在浙江中医院的花圃里做过药碾的雕塑，既符合医院的氛围，又增添了园内的美观度，安装后颇受各方面的好评。

那么中医药大学新校区的大门，又该如何设计呢？我国中医药源远流长，博大精深。从神农氏尝百草开始，到神医华佗、孙思邈、张仲景、李时珍等中医药大家都有经典的著作问世并流传至今，当代的中医药研究和实践，更是精彩而宝贵。作为教授和传播中医药知识、培养为民服务的医生的圣地，大门的设计应该将中华传统文化和中医药文化交融在一起，并富有它的艺术性和独创性。

阮文龙殚精竭虑，几易其稿，终于设计出类似中医药典籍的书卷轴的造型，长 30 米，高 2.5 米，中间刻有大书法家沙孟海的隶书"浙江中医药大学"7 个放大到 1.2 米的大字。这一设计在投标中获得了校方的青睐而中标。在制作安装时，阮文龙怀着对祖国中医药传统的崇敬，对培养优秀的中医医生的期待，全部采用产自山东的既纹理美观又质地坚硬的花岗岩，每块花岗岩长 3 米，宽 1 米，共 30 块拼接而成，总重量近 30 吨。

阮文龙在具体施工拼接时，不仅亲临现场指导，而且还非常认真地对每一块即将安装上去的花岗岩，逐一进行仔细的检查。当他发现其中有一块花岗岩的纹理与上下两块花岗岩纹理衔接不上时，毅然决然地挥手对施工员说："马上把这一块换下来，去找纹路对得上的花岗岩来。"

施工员几经寻找，都未如愿，就悄悄地对他说："阮总，换来换去人力和物力都会吃紧，成本也会提高，很可能这一工程会赚不到钱。"

阮文龙不假思索地说："这是高等学府啊，马虎不得的。你就把花岗岩的纹理拍成照片，叫山东方面照此纹理再发货。"

经过这一折腾，校门口的雕塑完美无缺地呈现在广大师生面前，赢得了校方的赞许。

然而，阮文龙和他的公司却在这一工程中亏了本。

回顾这几年的雕塑业务，应该说阮文龙确实有许多可圈可点之处。

为绍兴袍江文化体育广场设计制作了袍江水系图的地雕和体现体育休闲、锻炼健身的浮雕墙。

为杭州吴山广场，设计制作了反映"一带一路"图景的地雕和反映杭州非物质文化遗产的地雕。

为浙江省康复指导中心大厅设计制作了西湖美景和钱江新城的两块锻铜浮雕。

为上城区丁兰街道赵家股份经济合作社综合用房设计制作了重达90吨的反映地域风情的大型浮雕。

为杭州萧山区残联励志讲堂，设计制作了反映残疾人生活和生理状态，特别是自强不息的精神状态的锻铜浮雕。

……

2017年春天，在杭州市民进的会议上，当主委说起民进的创始人时，他说："我们应该给马叙伦、赵朴初做个铜像，放置在马叙伦历史资料陈列馆里。"作为民进成员的阮文龙，义不容辞地接下了做马老、赵老铜像的任务。他坦诚地说："让我为民进创始人做铜像，然后捐献给陈列馆。"

此后，阮文龙东奔西跑，查找马叙伦的图像资料，并联系上了马叙伦的后代，这样就有了较多的照片资料。经过精心设计和泥像制作，他先后多次向大家征求意见，经反复多次修改后，阮文龙终于成功地制作了高60厘米的马叙伦铜像，不仅形似，而且传神。

2019年11月，杭州师范大学成立马叙伦历史资料陈列馆并举行了隆重的开馆仪式，因马叙伦曾经在此任教，他的铜像顺理成章地放置在陈列馆。

全国人大常委会副委员长来了，各级民进领导来了，杭师大的校长来了，马叙伦的后人来了，济济一堂，热烈而庄重。

马叙伦的铜像揭幕后，全国民进主席兴高采烈地观看了铜像，还亲切接见了阮文龙，并对他说："马老的铜像做得很好，这是个好作品。"

民进中央领导、省市领导及马叙伦家属参观马叙伦历史资料陈列馆

*2020 年，浙江省民进领导现场指导马叙伦坐像泥塑稿制作*

2019 年，阮文龙在杭州师范大学马叙伦历史资料陈列馆与马叙伦家属合影留念

马叙伦的小女儿、孙女也齐声称赞："做得太好了，确实很像。"

阮文龙忙说："作为民进人，我是带着对民进的深厚感情去设计制作的，这样做出来的铜像才会传神。"

开馆仪式结束后，众人纷纷在马叙伦铜像前合影留念。

2019 年 5 月，吴觉农茶学思想研究会、上虞区茶文化研究会委托阮文龙制作"当代茶圣"吴觉农先生雕塑。阮文龙接受制作任务后，翻阅了有关吴觉农先生的资料，发现吴老是他的老乡上虞人，他出于振兴祖国农业而奋斗之志，把名字"荣堂"改为"觉农"。

阮文龙的敬佩之心油然而生，在雕塑的制作上尤为用心，并将初制模像进行展示，多次征求大家和亲属的意见。

当雕塑完成以后，研究会的领导表示满意，吴老的家属还给阮文龙发来这样一段话："当代茶圣吴觉农的铜像雕塑得很好，很感谢阮

中國茶業必然興時一般一翔
起來，決不會長落人居落太
宗努力里！吴觉农职
1989年9月4日
九东

2022年6月，阮文龙在吴觉农茶学思想研究会、上虞区茶文化研究会内吴觉农雕像旁留影

先生5个多月精心又辛苦的工作。除安徽祁门红茶博物馆前的全身立像外，你制作的是第三个吴觉农全身像，又是第二个全身坐像。再次感谢阮先生！有机会我们会亲自前去观赏你的作品。谢谢你！"

2020年4月14日上午，上虞区政府、区政协组织吴觉农铜像落成揭幕仪式在绍兴市上虞区茶文化展示馆内举行。

2020年10月，阮文龙又接受上虞收藏家协会的委托制作沈树根雕塑。

沈老参加过抗美援朝战争，是参战志愿军的优秀代表。1979年转业到浙江上虞财贸办公室任副主任、党组副书记，到地方工作后，沈老绝口不提当年在朝鲜作战的光荣历史，始终保持着老英雄、老党员的革命本色，竭尽全力为上虞经济发展和社会稳定发挥余热。这次为沈老制作的雕塑存放在上虞红色收藏馆里。

阮文龙以精心设计、悉心制作的雕塑作品，美化着祖国大地。

阮文龙将自己的心智之光，闪熠在众多优秀的雕塑作品上。

艺术创造是无限的，需要在源远流长的传统文化中不断汲取营养。

艺术创造是奔流向前的，也需要向世界各地学习，借鉴欧洲的文艺创作和雕塑作品。

阮文龙在制作浮雕作品

杭州上城社区雕塑《花瓣伞》

2016 年设计制作的浙江康复医疗中心 A 楼大厅宽 3.5 米、高 5 米铜浮雕——静美西湖
和时代钱潮

2017 年，阮文龙在泰国参加艺术作品展

第七章

艺术与远方

# 一

2015 年 5 月中旬，阮文龙登上从上海浦东机场飞往欧洲的航班。飞机穿透黑压压的雨云，翱翔在雨云之上。阮文龙坐在舷窗边，专注地透过窗玻璃往外纵目，无比壮观的云海景观令他心神摇荡。而在飞机的上方却是一片湛蓝的天空，几缕鹅毛一般的柔云在拂拭蓝天。他的眼下则是无比浩瀚的云的浪、云的涛、云的海、云的世界，无边无涯翻腾飞卷，比大海还壮阔，比汹涌奔涛还雄奇。

叹服云海的不止是阮文龙，他的邻座拿出一架照相机，透过舷窗拍摄云涛的雄伟和茫远。

"你是摄影师？"阮文龙以为他是搞摄影的。

"不，我是搞企业的，只是这滚滚云海实在太壮观了。"他继续咔嚓着。

云涛激荡着阮文龙的心胸，冲撞着他的情感。他被一种难以名状的激动征服了，惊叹于云涛的磅礴气势，惊诧于自然的变化无穷。

面对着一望无际的云海，真个叫人把世事的喧嚣、胸臆的淤积、身体的疲惫，忘得一干二净，代之而起的是壮阔的胸襟、瑰丽的想象，还有他对往事的浮想联翩……

阮文龙记得在少年时，他常坐在门外的空地上，仰脸瞧着蓝天上轻轻飘移的云絮。此刻，幼稚的思维最为自由，想象也最为怪谲！那云是从什么地方飞来的呢？又飞往哪里去？

片片白云，一会儿变成一堆棉花，一会儿变成长长的丝绸……只要他感到流云像什么，它就变成了什么。流云的不断变幻，使他神思迷离，遐想不已。

老家的黄昏显得格外的宁静，阮文龙跛着脚无目的地走来走去，边走边抬头仰望飘逸的轻云。游游移移，他不知自己今后会游向何方，走向哪里。可以肯定，那时他对云的想象只是一个不确定的轮廓。

可是谁能想到，此时此刻阮文龙却飞翔在一望无垠的云海之上。他要飞到欧洲去旅游，去观看发源于欧洲的雕塑，去研究欧洲著名雕塑家的作品。

欧洲之行是阮文龙从事雕塑工作之后，就存在于心中的夙愿。到达佛罗伦萨之后，阮文龙沿着河边一条整洁的大路步行，左边的房屋之间出现了一个排球场大小的广场，赫然立着一个大力士扑斗野牛的雕塑，那暴突的肌肉，那勇猛的神态，那人与牛之间顽强的搏击，充满着力量和惊险。

阮文龙围着雕塑走了一圈，脑子里浮现起景阳冈上武松打虎的雕塑，思索着对导游说，在生产力低下的古代，人与野生动物时有冲突，欧洲人崇尚斗兽，斗兽的题材成了雕塑创作题材，于是留下了斗兽的艺术品，而在我国则有打虎的武松，也是赞美力量的神勇和野性的美，到了今天人们就要保护野生动物了。导游粲然一笑，点头说："对的。"

继续往前走，大型广场上著名的大卫·科波菲尔的雕塑和青铜骑士等扑入了阮文龙的视野。他心里一阵惊喜，这些慕名已久的历史性标志雕塑终于呈现在眼前，吸引了他的全部注意力，使他像僧人入定似的久久地站着，一眼不眨地注视着。当一个人到达了久已向往的艺术境界，内心的浪涛不停地拍打着情绪的堤岸，激扬起喜不自胜的浪花！

阮文龙颇有一种走进向往已久的艺术宝库的感觉，久久地注视着欧洲文艺复兴时期的代表性雕塑作品。然后，他拿起了相机，从不同角度把这些雕塑精品记录下来，以便在日后的创作中作为参考。他一边拍摄，一边仔细地揣摩着这些雕塑杰作。

看着，看着，阮文龙内心开始荡漾了起来，仿佛自己瞬间变成了一只海鸥，在浩瀚的大海上飞翔了起来。心想：眼前的这些雕塑作品，不正是人类雕塑史上的一个创举和成果吗？我也要在这艺术的海洋上振翅飞翔……去创作更多、更好的雕塑精品，与世界同步。

阮文龙看到卢浮宫的大门，心里就泛起一层层兴奋的波纹。因为他看见了由玻璃构成的金字塔的建筑物。而这个玻璃金字塔正是由驰名于世的中国建筑家设计的。据说，他的作品当时曾引起诸多争议。传统派觉得该作品破坏了文艺复兴时期王宫的尊严，把这金字塔描述为光洁黑板上的指甲划痕。然而，激进的崇拜者们却认为他这 71 英尺（约 21.64 米）高的透明金字塔将古老的结构和现代工艺结合起来，艳丽多姿，相得益彰——它是连接新与旧的象征，有助于卢浮宫的与时俱进。

阮文龙认为后者的说法有创新之见，说明中国人的思维走在了时代的前面。

一件有争议的作品，往往更有影响力和生命力。优秀的作品是不怕争议的。

进门的时候，阮文龙感到自己正穿越一个虚幻的门槛而步入另一个缤纷的世界。

卢浮宫的大陈列馆里光线明亮而充足，但并不刺眼，那是为了避免强光照射而使画作褪色。大陈列馆是卢浮宫最受人欢迎的地方——像一个走不到头的长廊。长廊里珍藏着卢浮宫里最有价值的意大利杰作。画廊两边的墙壁有 30 英尺（约 9.14 米）高，在散放的灯光中，墙上的达·芬奇、提香和卡拉瓦乔的名画扑面而来。

静物画、风景画、宗教场面和政治家的画像，琳琅满目，齐聚一堂。

阮文龙走进卢浮宫最著名的那个展厅，顿时心里变得非常兴奋，因为他不止一次看过的名画《蒙娜丽莎》就挂在这个厅的正中央。可是，展厅里人挤得满满的，密密麻麻，个子不高的阮文龙根本无法看见这幅名画。他仿佛像是正在走近一件无比神圣的东西，设法慢慢地往里渗透。他似乎忘记了今世前生，忘记了一切世事，一步一步地挤到前面，一点一点地移近中央，终于站在了第一排的中间，与《蒙娜丽莎》那著名的微笑离得最近。

他感觉到了名画与他心的距离变得最短最近。

他感觉到了他正处在地球上最幸运的位置。

声名远扬的《蒙娜丽莎》长 77 厘米，宽 53 厘米，比卢浮宫礼品店中出售的《蒙娜丽莎》招贴画还小。它挂在两英寸厚的防护玻璃框内的白杨木板上，看上去显得那么飘逸而朦胧。

阮文龙在思索：《蒙娜丽莎》之所以成为世界艺术的名品，是不是因为蒙娜丽莎拥有神秘的微笑？是不是因为画家认为这是他对女性最完美的表达？是不是因为世界上很多文章认为这幅画隐藏着达·芬奇的影射抑或别的含义？

阮文龙恋恋不舍地告别了《蒙娜丽莎》，继续前行。达·芬奇的《岩间圣母》给他留下深刻的印象。这幅画原是达·芬奇受纯净受孕协会的委托，为米兰圣方济教堂的礼拜堂所作的祭坛画。修女们事先确定了油画的尺寸和主题——山洞中的圣母玛利亚、施洗者约翰、大天使乌列和圣婴耶稣。虽然达·芬奇按照她们的要求来作画，但当他交上画作的时候，却引起了该协会里的议论纷纷。

阮文龙看到名画《最后的晚餐》时，不免眼前一亮，心头为之一振。《最后的晚餐》中画了十三个人物，耶稣在中间，左右两边各坐六个门徒。耶稣右手边的人长着一头飘逸的红发，两只手纤细白皙，女性的特征十分明显，她就是抹大拉的玛利亚。耶稣穿着一件红色罩衣，披着一件蓝斗篷；抹大拉的玛利亚则穿着一件蓝罩衣，披着一件红斗篷。两人一阴一阳，互相映衬，真是极有趣味。

后来阮文龙从书中看到，由于耶稣与抹大拉的玛利亚的爱情关系，画中其他人物表情各异。

达·芬奇真是个大画家，画各色人物时还画出了人物之间的关系。

名画确是值得研究和探讨的。

名画家确是值得学习和崇敬的。

沉浸在画廊里，时间在不知不觉中溜走。阮文龙赶快向雕塑走去。

他要向那些举世闻名的经典的雕塑致敬。

他要与以前只在图片中见到过的雕塑亲密接触。

阮文龙在心仪已久的历史性标志的伟大雕塑前面流连忘返。忽然，他在琳琅满目的雕塑藏品中发现一件来自中国的作品。他仔细揣摩，见是四只站立着的老虎，共同用虎头顶起一个圆圆的盘子。这些站着的老虎栩栩如生，惹人喜爱。

阮文龙的眉头蹙拢了，心里猜想：中国的宝物是怎么流入卢浮宫的呢？是被八国联军抢来的，还是被西方传教士偷带到这里的呢？不过，这只是个无法回答的设问。但是，从这件雕塑作品可以看出，中国的雕塑也是源远流长的，作品也是光芒四射的，也是值得西方人珍藏的。这样一想，阮文龙原先看西方雕塑时，那种朝圣般的思绪已经荡然无存。

阮文龙想：我首先应该从中国良渚玉雕、春秋战国青铜器等历代雕塑传统艺术中，吸取优良的精华，再向西方雕塑借鉴经验和技巧，从东西方共融的文化浪潮中奋勇扬帆远航。

中华文化的自信是首要的，借鉴也是重要的。

# 二

游览教堂也使阮文龙感慨良多。圣叙尔皮斯教堂堪称历史奇迹。它是在一座古庙的废墟上建立起来的，而那座古庙原先是为埃及女神伊希斯修建的。圣叙尔皮斯教堂的建筑风格，与巴黎圣母院的风格极其相似。这座教堂曾经承办过伟大作家雨果的婚礼，这一记忆永载教堂的史册。

阮文龙沿着走道前行时，为中殿的朴素感到惊讶。这里没有巴黎圣母院里那种色彩缤纷的壁画，也没有光彩夺目的镀金圣坛。由于缺乏装饰，大殿显得格外空旷，阮文龙仰望着拱顶，觉得自己仿佛置身于倒扣着的巨轮的船舱下面。然而，教堂的建筑仍然是值得欣赏的。

看，那些灰色的石柱，宛如水杉一般，一根接一根地往高处延伸，直至消失在视线里。这些石柱在令人眩晕的高空里，构成优雅的弓形，然后直落而下，没入地面。教堂北面的通道，在他面前向外伸展开去，就像深不可测的峡谷，两侧都是林立的镶满彩色玻璃的高墙。此时正好天气晴朗，灿烂的阳光将玻璃的七彩光芒投射到地面上，煞是好看。

在游览威斯敏斯特教堂时，令阮文龙精神为之一振的是，看到了艾萨克·牛顿爵士的坟墓。这是一具用黑色大理石建造的庞大石棺，上面安放着牛顿的雕像。这个雕像有些个性化，他穿的是古典服装，一脸自豪地靠在他自己的一大堆作品上——有《论神性》《论运动》《光学》《自然哲学的数学原理》等。在他的脚下，站着两个长着翅膀、手拿书卷的孩童。这一设计也十分符合牛顿这位科学家的身份。在牛顿的身后，耸立着一个肃穆的金球，而金球上面又布满了浮雕，以及各种形状的天体——各种彗星、恒星和行星。金球上面还站着一位天文女神。

牛顿雕像与整体雕塑内容贴切，布局得宜，雕刻精湛，令人叹为观止。

在欧洲之行中，还有许多让阮文龙难以忘怀的见闻。那个举世闻名的斗兽场，可以说与中国长城、埃及金字塔齐名。

当阮文龙和纷至沓来的游人一步一步走近它的时候，心里忽地升起了朝圣般的感觉。这个奴隶们建造起来的巨大的圆形建筑，那么高敞，那么气魄，真不知当时的奴隶们是如何建造起来的。由此可见，在生产力低下的时候也会有神奇的创造，因为人的智慧会超越时代的地平线，人的力量会突破天空的穹庐。

阮文龙一步一步围绕这个神奇而极具规模的古建筑走着，心里想当时斗兽的场面应该是十分惨烈的，人与兽之间你死我活的打斗拼杀，不管是人死兽活还是兽死人活，都不过是奴隶主在看台上发出的惊叹和嬉笑而已。

中国的长城和这个斗兽场虽然都是伟大的古文明的遗存，但是，建造的动因和结果是完全不同的。长城是为保卫中华民族的生存和壮大，斗兽场则是奴隶制的野蛮和残酷。然而，作为古迹，同样是值得后人保护和珍视的。

斗兽场的断壁残垣高高地耸立着，阮文龙从斗兽场出来，正好下起了雨，他在一隅躲雨时，陡然感到自己竟是站在历史里。那城角、券洞、一根根多里克或科林斯石柱，一座坍塌了上千年的废墟，远远近近地包围着他，一时分不清自己是在罗马的遗迹里，还是在罗马的时代里。它肃穆、雄浑、庄严、神奇，这种独特的感受是在世界任何地方都难以体会到的。

古建筑斗兽场不是死去的史迹，而是依然活着的历史的细胞。如果失去这些，到哪里也感受不到罗马的灵魂。

城市，不仅供人居住和生活，它自身还有一种精神价值。这包括它的历史经历，人文积淀，文化气质和独有的美。它的色调、韵律、遗存，这一切都构成了一种实实在在的精神。阮文龙心想，城市不仅是一种实用的物质存在，也是一种精神存在。这种精神是无数代人创造并积淀下来的。

阮文龙享受到了历史的艺术，也享受到了艺术的历史。

# 三

作为从事城市雕塑工作的雕塑家，阮文龙对欧洲城市广场、街边巷口、教堂剧院、名人古居的雕像情有独钟，特别细细揣摩。

巴黎是个离不开雕塑的城市。巴黎歌剧院，顾名思义是座大剧院，可是，它的外墙更像一个雕像大展览会。在它的外墙上，每一扇窗上和每一扇门上都有著名音乐家的雕像。偌大的建筑，雕像围了它整整一圈，几乎将全世界的大音乐家都集聚在了一起。这真让阮文龙看得眼花缭乱，但他还是仔细地欣赏着不同音乐家的仪态神情。

阮文龙特别喜欢巴黎街头的雕塑，它们常常会给人带来一阵阵出其不意的惊喜。在巴黎一条普通的人行道上，走着走着，突然面前出现了一座雨果的雕像。这位如雷贯耳的大作家，全身半靠在一块巨石上，面带微笑。

阮文龙对与雨果的巧遇，惊喜得简直无以名状，由衷地喜欢这种巧遇，静静地瞧着雨果，又围着他转了一圈，想看看雕塑家的署名，心里不住地与雕塑打着招呼：雨果，您好！阮文龙告别雨果时，一步一回头，简直恋恋不舍。

不一会儿，阮文龙又在街头露天的环境下，遇到了大雕塑家罗丹的《吻》。这虽然不是罗丹的原作，却也仿制得十分逼真，惟妙惟肖。罗丹的原作是用大理石做的，而这一座是铸铜的。这丝毫没有影响阮文龙的欣赏趣味，甚至觉得放在街头露天的环境下，比放在博物馆里更有情趣，反倒是巴黎人浪漫的真实写照。

阮文龙查看了一下法国雕塑的历史，对所见雕塑的艺术特征更加明了。法国雕塑发展到 19 世纪末至 20 世纪初，出现了伟大的罗丹。罗丹成了一个分水岭，在此之前，法国雕塑基本上是写实的、细致的、精确的，但罗丹向前跨了一大步，他的原则仿佛是外表造型像，又不像，但归根结底要在本质上更像，更传神。他的《思想者》如此，《巴尔扎克》如此，无头无臂的《行走者》更是如此。骨子里有一种法国独一无二的浪漫精神。在这种浪漫精神指导下做出来的雕塑作品，总是高于真实原型，成为卓越的艺术作品，并为世人所推崇。

阮文龙还看了罗丹的弟子布代尔的雕塑作品。布代尔留下了大量的雕塑作品，其数量超过了任何人。布代尔以雕塑贝多芬而闻名于世，雕塑了各种姿态的贝多芬像，都是头像，都是铸铜的，一共有 22 尊之多。阮文龙反复看着布代尔不同时期雕塑的贝多芬铜像，深受启迪：雕塑家应该是勤奋的，应该不厌其烦地去思考，应该不断地比较雕塑方案的可行性，应该毫不浮躁地勤勉创作。

如果布代尔没有雕塑过 22 个不同的贝多芬头像，恐怕就不会有艺术精品。

罗丹也好，布代尔也好，完成一件雕塑作品差不多要花半年时间，长的要花几年，往往多次返工，绝不急功近利。一句话，艺术家完全是凭借自己的艺术良心在做事。

# 四

从欧洲回来后的第二年，阮文龙又开启了俄罗斯之旅。

如果说巴黎是艺术之都，缘于那里有卢浮宫和其他的大美术馆，那么圣彼得堡也应该算得上是艺术之都的，且名实相符。

阮文龙到了圣彼得堡，一下子就被浓郁的艺术气氛包围了。

圣彼得堡有著名的冬宫，是昔日沙皇的宫殿。十月革命之后，全都改成了美术馆，还沿袭叫艾尔米塔什博物馆，以常年陈列世界上著名大画家的美术作品为主。凡是到圣彼得堡旅游的人，首选要去的地方便是冬宫。阮文龙何尝不是如此，首先想到的就是冬宫，不过阮文龙是从事艺术工作的，参观赫赫有名的艾尔米塔什博物馆和俄罗斯国家博物馆，正遂其愿，大合心意。

用"游人如织"来形容到冬宫来参观的游客之多，真是恰到好处。阮文龙随着各种肤色的游人，俄罗斯的中学生、小学生和幼儿园的小朋友，成队成行地走进美术馆。

馆里的解说员并非年轻美貌的姑娘，而是个富有经验的老妇人，白发苍苍，说话细声细气，却富有表情，绘声绘色。她对小孩子先提问后解说：这画上面有几个人啊？这件衣服是什么颜色呀？这儿都有几棵树啊？原来，她并没有直接介绍名画，而是培养小孩子从小走进博物馆的习惯，让美术馆成为人们生活中不可或缺的一部分，让孩子们从小接触美术和热爱美术，将来成长为一名对世界文明成果崇敬的有教养的人。

从介绍中，阮文龙知道了很多知识。原来，圣彼得堡这座城市是因彼得大帝而得名的。当时俄国也是个封闭的国家，但彼得大帝却制定了开放政策，打开国门，引进西方的科学技术，同时还引进了各国的文化成果。现代的俄罗斯雕塑家为彼得大帝雕塑了一尊铜像：彼得大帝举着工具正在打造一艘轮船的部件。与彼得大帝铜像相对的涅瓦河对岸，有一座由彼得大帝亲手创建的第一座俄罗斯博物馆，里面有各种动物、植物、矿物的标本。当时老百姓文化水平低下，没有进博物馆的习惯，所以这座博物馆门可罗雀。彼得大帝想了个奇招：叫大臣轮流站在博物馆门口，大声呼叫，免费观看，看完了还可以领到一瓶酒。

由彼得大帝开始，以后的一代代沙皇都是美术爱好者和艺术品的收藏者，用举国之力来收藏艺术品。叶卡捷琳娜二世女皇，在战争期间仍然极力收购欧洲顶级的美术作品来丰富自己的美术馆。此时的俄罗斯已经是个军事强国，同时一跃而成为一个美术强国。俄罗斯拥有了一大批世界一流大画家的一流

2016 年 7 月，阮文龙在俄罗斯国家博物馆前留影

2016年7月，在俄罗斯参观博物馆

美术作品，而且也拥有了世界一流的美术馆，收藏了极为丰富的高水准的美术作品，包括意大利文艺复兴时期的三大艺术大师达·芬奇、米开朗琪罗、拉斐尔的作品，印象派大师莫奈、凡·高，以及现代派领袖毕加索、马蒂斯等人的作品，堪称包揽了全部。连仅有三幅作品真迹存世的，圣彼得堡也都会有一幅，如达·芬奇的《圣母与圣子》。以荷兰大画家伦勃朗为例，阮文龙在巴黎卢浮宫参观时，对伦勃朗的作品也存有印象，那儿有一个房间是专门陈列伦勃朗的作品的，很引人瞩目；哪知在圣彼得堡艾尔米塔什博物馆，居然有3个大屋子展出伦勃朗的画。

阮文龙在游览之余不由得感叹：这称得上世界第一，真是奇迹！边走边看，处处都有奇迹。弗拉芒画派的代表人物鲁本斯，这里居然有他的40幅画，而且大都是他的代表作。

由此可见，圣彼得堡的美术馆的权威性和丰富性是何等显著，长期以来，一直是全世界美术朝圣者的必到之处。

阮文龙为自己也是美术朝圣者中的一员而沾沾自喜。俄罗斯人也为之自豪，从叶卡捷琳娜二世女皇创办美术馆以来，可以毫不夸张地说，这些名画杰作熏陶了十代以上的俄罗斯人。圣彼得堡人也养成了习惯，反复地光顾美术馆，去美术馆就像去会见老朋友一般，从年幼孩童开始到老年，谁还记得清自己曾去过多少次美术馆？他们不是一般地去玩玩，而是以能在美术馆里欣赏、品味、琢磨、流连而自豪。

阮文龙还看到一个可喜的现象，俄罗斯许多大诗人、大作家与大画家都是好朋友，他们常到画家家里去聚会，流传着许多佳话。俄罗斯画家笔下的俄罗斯诗人和作家的画像是十分完美的，而且比世界上任何国家的都多，留下了一批有艺术价值和史料价值的双料珍品。举例来说，仅是列夫·托尔斯泰的画像，在一个大画家的笔下就出现过许多次，而且每一幅都十分精彩而传神。

阮文龙从导游的介绍中知道，在俄罗斯还有个以大画家列宾命名的列宾美术学院。在该学院的正前方，有两尊只有文明古国古埃及才有的狮身人面像，石狮巨大而完整。

阮文龙听了，好奇地说："狮身人面像是埃及标志性的文物，怎么会跑到俄罗斯来的？而且从埃及到圣彼得堡，真可谓千里迢迢呀！"

导游笑着说："那是18世纪的沙皇命人买来的。"

阮文龙又问："沙皇是怎么买的？"

导游耐心解答："当时沙皇

2016年7月，阮文龙在俄罗斯北欧百货公司前的休闲椅上留影

阮文龙在伏尔加河边留影

下令责成大臣不惜一切代价去购买狮身人面像，可惜迟了一步，被德国人抢先买到手。沙皇闻讯大怒，下令无论如何要买到手，真可谓是志在必得。结果花了双倍的价钱又从德国人手里买了回来，放在涅瓦河畔，供全民观赏。"

阮文龙赞叹道："沙皇这个人决心真大，可见他太爱文物了！"

导游继续说："这也使一代代俄罗斯人获益，不出国门就可以看到埃及的狮身人面像。"

阮文龙说："实际上，这不仅仅是出双倍钱的问题，这是惠及千秋万代的公益事业，艺术对人们潜移默化的力量是非常大的。"

导游说："说得对，俄罗斯不仅是美术强国，在芭蕾舞、交响乐、文学、建筑等方面，都达到了非常高的水平，在世界上享有崇高的威望。"

"是的，文学艺术是提高国民素质不可或缺的重要因素。"

"对，精神文明的力量是不可估量的。"

阮文龙随团队走来走去，很快就感触良多。看，一抬眼就发现头上有一块大牌子，问了导游才知道，这牌子是纪念大作家陀思妥耶夫斯基的，他的《白夜》就是在这座房子里写成的。再走两步，边上的一家小餐馆干脆就叫"白夜餐厅"。

没走多远，这座房子上又有纪念大音乐家柴可夫斯基的大牌子，经导游翻译，牌子上写的文字是：柴可夫斯基晚年是在此公寓中生活的，直至去世。阮文龙很激动，赶快站住，在该公寓前摄影留念。

阮文龙发现圣彼得堡的文化名人纪念牌有一个共同的特点，那就是每块牌上都有其主人的浮雕侧面像，绝大多数是铜制的，镶在大理石底板上，可见挂这种纪念牌是有很高规格要求的。

这众多的文化名人纪念牌，营造了一个城市的文化氛围，是对文化名人永恒的尊重，是对青少年绝好的爱国主义教育教材，也是提高国民人文素质的好办法。这也是一个城市的综合软实力呀！

站在祖国传统文化的坚实基石上，吸取国外艺术的营养和特长，为的是让自己今后能更好地在艺术领域挥洒和前进。

阮文龙这样想着，继续在自己别样的人生道路上前行。

2022年6月12日，浙大导师、研究生、海归人士及艺术家企业家等到艺术中心参观、交流，在听完阮文龙《别样的人生（上、中）》励志讲座后合影留念

阮文龙自从 2000 年 7 月 14 日到钱塘江畔进行文化创业，至 2022 年 7 月 14 日走过了整整 22 年时间，于是在这特殊的一天于钱塘航空大厦书画工作室写下"勇立潮头"四字，以此鼓励自己不断前行

　　《阮文龙：别样的人生》上、中、下三部至此画上了句号。书有句号，而阮文龙的人生之路仍然在向前延伸，他的艺术追求仍然在向前冲刺。

　　阮文龙在阅读这部书时，唇边带着幸运的微笑，慰藉的微笑。

　　晚上，他把《阮文龙：别样的人生》上、中、下三部书放在床头柜上，一种圆满的感觉，一种不懈的感知，在他心头满满地流漾着。

　　不一会儿，阮文龙便沉静地睡着了，很快就进入了温馨的梦乡。

　　他梦见自己一会儿在天空翱翔，一会儿在崎岖的山路上行走，一会儿来到了制作雕塑的现场，一会儿又去名山大川写生，用手中的画笔描绘这大好河山。阮文龙则手捧《阮文龙：别样的人生》上、中、下三部书，随着时间的变迁向前走去，走向远方，走向新的追求，走向艺术的新天地……

　　这是梦，是不断创造的梦，不断创新的梦，是向往美丽的梦……

　　在本书出版过程中，非常感谢杭州市委宣传部、杭州出版社的大力支持，在采写中得到了周国桢、郝晓晓、吴志君认真负责的配合，在此一并致谢。